의원귀환 滿員落選

FANTASTIC ORIENTAL HEROES

성상영 新무협 판타지 소설

의원귀환 6

성상영 新무협 판타지 소설

초판 1쇄 찍은 날 § 2014년 9월 15일
초판 1쇄 펴낸 날 § 2014년 9월 17일

지은이 § 성상영
펴낸이 § 서경석

편집부장 § 권태완
편집책임 § 박가연

펴낸곳 § 도서출판 청어람
등록번호 § 제387-1999-000006호
등록일자 § 1999. 5. 31
어람번호 § 제2-2528호

주소 § 경기도 부천시 원미구 부일로 483번길 40 서경B/D 3F (우) 420-822
전화 § 032-656-4452 팩스 § 032-656-4453
http://www.chungeoram.com
E-mail § chungeorambook@daum.net

ISBN 979-11-316-9198-4 04810
ISBN 979-11-5681-904-2 (세트)

성상영 新무협 판타지 소설

滿員歸選

6

의원귀환

FANTASTIC ORIENTAL HEROES

도서출판 청어람

第一章

길을 떠납시다

사람은 어디 한곳에 안주할 수가 없다.
살기 위해서는 늘 움직여야 하기 때문이다.

생명의 역사

의원귀환

좌선을 한 장호는 스스로의 몸 내부를 아주 깊게 관조하고 있었다.

삼 갑자가 넘는 선천의선강기.

의선문 역사상 이렇게 많은 양의 내공을 모은 이는 없었다.

그렇기에 현재 장호의 몸에 일어나고 있는 변화는 전인미답의 경지라고 할 수 있었다.

지금 이 순간에도 장호의 몸은 변화하고 있었는데, 이는 환골탈태하고는 전혀 다른 것이었다.

억지로 말을 맞춘다면 이리 불러야 할 것이다.

진화, 개혁.

뼈는 사람이 먹는 음식물에 따라서 단단해질 수가 있다. 장호도 뼈에 좋은 약재나 식재료를 알고 있다.

그런데 지금 장호의 뼈는 계속해서 단단하고 무거워지고 있었다.

선천의선강기의 영향 때문이다.

그뿐이 아니다.

장호는 근육의 밀도가 증가하고 있음을 쉽게 알 수 있었다. 또한 그의 전체적인 육체가 완전히 뒤바뀌고 있음도 알고 있다.

장호는 전생에 원숭이를 해부한 적이 있다.

부술을 배우기 위해서 사람의 시체를 해부하다가 원숭이를 해부하게 된 것이다.

사실 원숭이만 해부한 것도 아니다.

호랑이에서부터 말까지 여러 가지 동물을 해부한 전적이 있다.

그때 알게 된 것이 하나 있다면, 이 세계에서 인간이 가장 나약한 근육을 가지고 있다는 것이다.

호랑이 같은 경우 일격에 나무를 박살 내어 쓰러뜨릴 정도의 힘을 가졌다.

그것은 유연하면서도 강력한 힘을 내는 근육에서 나온다.

인간은 그런 근육이 없으나 호랑이는 그런 근육을 가졌다.

말은 또 어떤가?

말의 폐활량은 인간에 비할 바가 아니며, 그 근육은 지치지 않고 장시간 달릴 수 있게 해준다.

그러나 지금의 인간은 내공의 보조가 없다면 오래 달리기는 고사하고 전력으로 일각만 달려도 폐가 찢어질 것처럼 아파오는 것이 정상이다.

인간의 육신은 다른 짐승에 비해서 조금도 뛰어나지 않았다.

그저 이 두뇌라고 하는 것만이 모든 짐승을 압도할 뿐.

그런데 지금 장호의 육신은 인간을 벗어나서 짐승의 영역에 접어들고 있었다.

보통 사람이 손아귀의 힘만으로 사과를 으깨는 것은 불가능하다.

그것은 단련한 무인이라고 해도 꽤나 힘겨운 일이었다.

선천적으로 악력이 아주 강한 이가 아니라면 힘든 일이었다.

그런데 현재 장호는 아주 가볍게 사과를 악력으로 으스러뜨릴 수 있을 정도이다.

아니, 단지 사과뿐만이 아니다.

이 순수한 악력으로 뼈조차도 간단하게 부러뜨리거나 가

루로 만들 수 있었다.

이미 인간이 아니다.

초인(超人).

장호는 그렇게 불러야 마땅할 것이다.

그런 육체를 가지게 된 상황에서 금강철신공의 화후가 십이성 대성의 경지에 이르렀다.

금강철신공은 기본적으로 육체를 단단하고 강인하게 만들어준다.

지금에 와서는 검기도 그의 몸에 조금의 상처도 입힐 수 없게 되었다.

강기 정도나 되어야 상처를 줄 수 있을까?

거기에 용린갑을 운용하면 강기로도 큰 상처를 입지 않을 것이라고 예상되었다.

또한 감각도를 익힌 장호이다.

때문에 이렇게 고도로 진화한 육체를 가진 지금 그 감각은 가히 영물에 비견될 정도다.

청각, 시각, 후각, 미각, 촉각이 극도로 발달되었기 때문이다.

비록 장호가 아직 화경의 경지에는 이르지 못했다고 하지만, 이미 화경의 여느 고수보다도 강력한 능력을 가지고 있는 그런 상태라고 보아야 했다.

육체가 너무나 뛰어난 능력을 가졌기 때문이다.

여기에 선천의선강기를 본격적으로 운용하면 초인의 영역에서 벗어나 아예 인간이 아닌 초월적 무언가의 영역에 도달할 정도의 힘을 사용할 수도 있었다.

"이게 생육선의 경지일지도 모르겠는데……."

장호는 자신의 몸 상태를 모두 파악한 이후 중얼거렸다.

생육선.

의선문의 전설이며 의선문도라면 누구나 가 닿기를 바라는 경지.

그런데 장호는 불과 스물의 나이도 되지 않아서 생육선의 경지에 올라서고 말았다.

이대로 꾸준히 무공을 수련하여 화경의 경지에 발을 디딘다면 적수를 찾기 어려울 것이다.

현경에 올랐다는 천하삼존을 제외하면 강호에 장호의 상대는 이제 아무도 없게 되리라.

"허참, 과거로 회귀하게 된 것은 그렇다 쳐도 내가 이렇게 강해질 줄은 몰랐는데……."

장호로서도 참 어이없는 일이었다.

전생의 장호는 원접심공을 기반으로 하여 스스로 강해지기 위해서 여러 가지 무공을 잡다하게 배우고 익히며 연구까지 했다.

그런데 지금은 선천의선강기 덕분에 스물이 되기도 전에 천하에서도 손꼽힐 만한 무력을 손에 넣었다.

물론 여러 가지 기연이 있기는 했다.

우선 스승인 진서가 내공을 전수해 주었고, 더하여 여러 가지 영약을 먹었기에 지금의 경지에 이른 것이다.

진서가 내공을 전수해 주지 않았다면 지금 이런 경지에 오르는 것은 꿈속에서나 가능했을 터이다.

실제로 선천의선강기는 여타 내공심법에 비하면 지극히 느린 내공이 아니던가?

애초에 유구한 의선문의 역사에서 선천의선강기를 대성한 사람은커녕 장호의 수준까지 수련한 이도 없었다.

"그러고 보면 이건 대체 언제 대성하지?"

보통 무공을 수련하는 이들은 무공을 대성했다는 것을 알 수가 있는 법이다.

구결에도 나와 있기 때문이다.

그런데 선천의선강기는 십이성 대성의 경지가 어떤지 참 애매모호하다.

생육선이 된다는 것이 대성을 이루었다는 증거라는데, 대체 뭐가 생육선이란 말인가?

지금도 이게 생육선의 경지가 아닌지 의심할 지경인데 이보다 더한 경지가 있을까?

다만 아직도 내공이 계속 증가하고 있는 것을 보면 확실히 지금이 끝은 아닌 모양이긴 했다.

"나중에 연구를 해봐야겠군."

장호는 생각을 정리하고 자리에서 일어섰다.

오전 수련을 위해서 잠깐 앉아 있겠다는 것이 벌써 시간이 꽤나 흘렀다.

곧 식사 시간이니 밥을 먹고 제갈세가주와 제갈소여에게 인사하고 떠나야 했다.

*　　　　*　　　　*

"그럼 살펴 가시오."

"환대에 감사드립니다."

제갈세가주는 대문까지 나와서 장호에게 포권을 해 보였다.

이는 그가 의선문을 중히 여긴다는 의미이다.

그리고 아주 계산적인 행동이었다.

장호는 강호의 예법대로 그에게 고개를 숙이고서 포권을 해 보였다.

이는 내가 당신보다 낮은 사람이라는 것을 보여주는 행동으로, 이 역시 계산적인 행동에 불과했다.

제갈세가주 역시 화경에 이른 절대고수로 알려져 있지만, 지금에 와서 장호는 그에게 아무런 위협을 느끼지 못했다.

진짜 생육선의 경지에 올랐는지 아닌지는 모르겠으나, 이미 초인의 영역에 들어선 육체가 장호에게 강인함을 주었기 때문이다.

그렇게 제갈세가주와 인사를 마친 장호 일행은 마차를 타고 길을 떠나게 되었다.

본래는 말을 타고 왔으나 지금은 제갈세가에서 마련해 준 팔두마차를 타고 돌아간다.

이번 여정에서 내공을 급격히 키웠으니 장호로서는 정말로 크게 남는 장사를 한 것이라고 할 수 있었다.

"이야, 문주님 덕분에 거하게 대접받네요. 이 마차도 그렇구요."

조수연이 재잘거리면서 자신이 앉은 마차 안의 의자를 팡팡 두드렸다.

부드러운 원단에 가죽을 깔아놓은 푹신한 의자는 앉는 이를 최대한 배려한 것이었다.

"문주님의 의술이 하늘에 닿으셨으니 이를 위해서라도 제갈세가에서는 성심을 다할 수밖에요."

혈서생 임진연의 말에 다들 고개를 끄덕였다.

그의 말대로다.

장호는 현재 강호제일이라고 해도 좋을 정도의 의술을 가졌기 때문이다.

물론 장호는 동의하지 않을 것이다.

그의 의술은 선천의선강기의 치료 효과에 기대는 면이 크다.

약리학에서 다른 의원들보다 뛰어난 면이 있긴 하지만 장호라고 해서 모든 약재를 다 아는 것은 아니다.

게다가 침술과 부술 쪽에도 장호는 자신이 아직 모자라다고 생각하고 있다.

"그나저나 제갈세가와 잘 지내게 되었으니 좋은 일이긴 합니다만… 그들이 무엇을 요구할지 궁금하군요."

"심중호리라고 불리는 사람이 가주이니 신경 써야 합니다, 문주님."

해진천이 묵직한 어조로 말하자 장호는 그의 말에 고개를 끄덕이면서 응수했다.

"물론이지. 저들은 이익이 생기는 일이 아니면 제대로 움직이지 않으니까 주의를 놓아서는 안 될 거야. 그건 임 총관이 처리해 주시길."

"명을 받들겠습니다."

"자, 그러면 이제 우리도 집으로 돌아가는 건데… 돌아가서는 다들 각오하라고."

"각오라 하시면?"

"모두 지옥 수련을 해야 될 거야. 문파를 지키고 나 스스로를 지키려면 결국 무공밖에 남는 게 없지 않나?"

"아……!"

모두가 그 말에 감탄했다.

"그리고 이번 일로 새롭게 알게 된 것도 있지. 가면 내공보조제를 개량할 거야."

"내공 보조제라 하시면…….."

임진연은 아직 내공 증진 보조제를 모른다. 일행이 되긴 했지만, 아직 기간이 짧기 때문에 모든 것을 모르기 때문이다.

"내공을 수련할 적에 먹으면 그 효과를 증진시키지. 어지간한 명문 대파들은 이 약을 만들 줄 알아. 그들의 제자들이 빠르게 내공을 얻게 되는 것에는 우수한 내공심법의 도움도 있지만 이 약의 효과도 크거든."

"그런 게 있었군요. 놀랍습니다."

임진연은 실제로 놀란 듯했다.

그럴 만도 했다.

이러한 정보는 사실 고급 정보에 속하여서 알 만한 사람은 다 안다지만 모르는 이가 더 많았다.

중소 규모의 문파들은 거의 모르는 경우가 태반이고, 이러한 약의 존재를 아는 자가 있다 하라도 만드는 비법까지 아는 이는 거의 없었다.

명문 대파가 강호에서 굳건하게 세력을 유지하는 것에는 다 이유가 있었다.

이런 것까지도 전부 비전으로 챙기기 때문이다.

물론 내공 증진 보조제는 꽤나 돈을 잡아먹는 물건이었다.

영약에 비한다면 적은 돈이라지만, 수많은 문도에게 이 약을 모두 공급하려면 천문학적인 돈이 들어간다.

물론 장호의 의선문은 현재 산서성 제일의 부호가 되어가는 중이라 그리 크게 문제될 것은 없었다.

"그걸 개량하면 효과를 더 늘일 수 있다."

"얼마나요?"

조수연이 궁금하다는 듯이 묻자 장호는 잠시 계산해 보았다.

"두 배 정도."

"에엑? 진짜요?"

모두가 깜짝 놀랄 만한 말이다.

내공 증진 보조제를 통해서 최소 일 년간 이 년 정도의 내공을 추가로 얻을 수 있다.

그런데 그 효과가 두 배로 올라간다면 무려 일 년에 사 년의 내공을 추가로 얻게 된다는 것이 아닌가?

이 정도면 영약처럼 즉효성은 가지지 못했다고는 해도 어마어마한 효과를 가졌다고 보아야 했다.

"가능해. 그리고 그건 본 문, 아니, 현재는 나밖에 못하는 일이지."

장호의 말에 모두가 감탄했다.

"역시 문주님이 강호제일의원이시라니까요. 아니, 중원제일?"

일행은 그렇게 화기애애하게 이야기꽃을 피우면서 마차를 내달렸다.

                    *   *   *

장호가 기연이나 다름없는 성장을 하고서 의선문으로 되돌아가는 그 순간,

제갈화린은 창백해진 얼굴이 되어 있었다.

"이게… 사라졌어?"

그녀의 앞에는 텅 빈 상자가 하나 있었다.

상자는 고풍스러운 흑단목으로 된 것이었는데 그 안에는 아무것도 없었다.

"설마… 이것은 그때 소멸한 걸까? 아니면……."

그녀는 생각에 잠겼다.

없어진 물건은 아주 귀한, 다시 없이 귀한 것이었기 때문

이다.

　사마밀환.

　진환마제가 남긴 절세의 기보가 없어진 것이다.

第二章

문파를 키우다

군주의 자리는 쉽게 지킬 수 없다.

격언

의선문의 영약을 제작하기 위해서 필요한 것은 바로 선천의선강기다.

특별한 연단로를 만들고, 특정한 위치에 선천의선강기를 익힌 의선문의 문도가 자리하여 내공을 불어넣는 것이다.

놀라운 점은 이게 내공을 소모하는 것이 아니라는 데 있었다.

연단로에 선천의선강기의 진기가 들어갔다가 다시 되돌아와 내가진기를 가진 해당인에게 쌓이기 때문이다.

즉, 일종의 내공수련이 가능하다는 것.

내공을 수련하면서 연단도 제련하는 이 기이한 현상은 선천의선강기만의 중요한 특징이었다.

　다만 내공수련의 효율은 거의 삼 할 수준까지 떨어져 버리게 된다.

　내공수련이 되긴 하지만 영약에도 진기를 나누어 주어야 하기 때문에 진기가 쌓이는 속도가 세 배 느려지는 것이다.

　하지만 그렇다 할지라도 큰 장점을 가졌다고 할 수 있었다.

　영약도 만들고 내공도 증진되니 얼마나 좋은가?

　장호는 여기에 착안해서 사람들을 고용하기로 했다.

　바로 영약만을 전문적으로 만들어낼 사람들을 구하기로 한 것이다.

　세상에는 사지가 멀쩡하지만 제대로 일할 수 없는 사람이 아주 많았다.

　거지도 그렇지만 세파에 시달려서 패가망신한 사람도 많기 때문이다.

　장호는 그들 중에서 일부를 구해다가 선천의선강기를 전수하고 이들에게 하루 네 시진 동안 계속해서 영약을 정련시키는 일을 맡기겠다는 계획을 세웠다.

　즉, 살아 있는 영약 제조기가 되는 셈이다.

　이들이 할 일은 앉아서 계속 선천의선강기를 수련하는 일이다.

무공을 가르치거나 하지는 않는다.

말 그대로 고용 개념으로 보기 때문이다.

물론 보수는 후하게 줄 예정이다.

다만 이 일을 한번 시작하면 적어도 이십 년간은 종속적으로 일해야 한다는 계약을 맺어야 한다.

선천의선강기가 의선문의 비전이니 어쩔 수 없는 일이었다.

"그건… 몹시 파격적이군요."

혈서생 임진연은 장호의 생각에 몹시 놀란 듯 두 눈을 깜빡거린다.

그의 미려한 두 눈에는 마치 여성처럼 속눈썹이 길게 자라나 있다.

그래서 그런지 그의 행동은 제법 예뻐 보였다.

'저게 남자라니?' 하는 생각이 들 정도이다.

"돌아가는 즉시 시행해야겠어. 대충 백여 명 정도 구해서 실시한다면 본 문은 질 좋은 준영약을 많이 확보할 수 있을 거야."

"그리고 문도들의 내공도 획기적으로 증진시킬 수 있겠군요."

"그렇지."

임진연은 고개를 끄덕이며 곰곰이 생각했다. 그 모습을 다른 이들도 감탄한 듯이 바라보고 있다.

"역시 머리가 좋은 사람들은 뭐가 달라도 다르네요."

조수연의 말에 다른 이들은 쓴웃음을 지었다.

확실히 저런 방법은 쉽게 생각해 낼 수 있는 것이 아니었다.

"그나저나 거의 다 왔네요. 너무 오랫동안 돌아다녔더니 등허리가 쑤신다니까요."

조수연의 너스레에 이번에는 모두가 피식 웃었다. 사실 꽤 오랫동안 여행을 하기는 했다.

그냥 걷는 것도 아니고 마차를 타고 다니는 여행이 뭐가 힘드냐고 묻겠지만, 무인들에게는 이게 더 좀이 쑤시는 일이다.

차라리 걷고 말지.

여하튼 그들을 태운 마차는 순조롭게 의선문이 자리한 성도에 진입하고 있었다.

마차는 성문을 지나고 대로를 달려 의선문의 본진이나 다름없는 선문의방에 도착했다.

"방주님, 어서 오십시오."

총관 유병건이 가장 먼저 달려 나와 장호를 반겼다.

"오랜만입니다, 유 총관. 그간 별일 없었죠?"

"별 탈 없습니다. 환자들도 무사히 치료 중이고, 농지도 정상 운영 중입니다. 여기서 이럴 게 아니라 어서 들어가시지요."

"우선 짐 좀 풀고 씻은 다음에 이야기 나누죠. 저녁 식사를 하면서 이야기하면 될 것 같습니다. 그리고 이쪽은 새 식구가 될 사람입니다. 의선문의 총관을 맡을 사람이니 앞으로 잘 지내셨으면 좋겠군요."

장호의 소개에 유병건의 두 눈이 반짝인다.

그의 심유한 눈빛이 임진연을 쓸어 본다.

현재 유병건은 선문의방의 총관이지만, 의선문의 총관직도 같이 수행하고 있기 때문이다.

하지만 그는 이미 업무 과중으로 한계에 달해 있었다.

게다가 의선문은 그 뿌리가 의원이라고는 해도 무림의 문파.

그가 총관직을 수행하기에는 조금 힘든 구석이 있었다.

그렇기에 임진연을 발견한 장호가 바로 그를 발탁한 것이다.

비록 임진연이 사파에 속한 인물이긴 하나, 시세 판단이 정확하고 또한 그렇게 사악한 사람이 아니라고 보았기 때문이다.

이는 파격적인 대우.

하기야 장호의 행동은 언제나 파격적이긴 했다. 보통 강호인과는 생각의 방식 자체가 다른 탓이다.

여하튼 유병건은 임진연이 몹시 묘한 사람이라는 것을 알아차렸으며, 능력 있는 책사라는 것도 알았다.

그는 본시 학자였고, 사실 여러 가지 음모와 귀계를 잘 알기도 했다.

그런 일을 꽤나 당했기 때문이다.

여하튼 그런 그의 눈에 임진연은 꽤나 위험해 보이는 자였다.

그러나 지금 당장 유병건이 할 수 있는 일은 없었다.

"선문의방의 총관직에 있는 유병건이오."

"문주님에게 발탁된 임진연이라고 합니다. 앞으로 많은 지도편달을 부탁드리겠습니다."

"그렇게 하리다."

그렇게 짧게 인사를 나누고 일행은 헤어졌다.

장호가 말한 대로 짐을 풀고 좀 쉬어야 했기 때문이다.

*   *   *

유병건, 임진연, 사마충, 칠검도인, 장호.

이 다섯 명이 한자리에 모였다.

의선문의 가장 중요한 간부를 꼽으라면 유병건과 사마충을 들 수가 있다.

장호는 문주로 간부라고 할 수 없으니 가장 중요한 간부는 바로 유병건과 사마충이다.

사마충은 무인들을 통솔하고, 유병건은 행정을 관리하니 당연한 일이다.

물론 사마충과 동등한 직위에 있는 칠검도인도 중요한 간부이다.

그러나 사마충이 의선문의 직전제자라고 할 수 있는 보의단을 통솔하는 것에 비해서 칠검도인은 외부 고용 무사라고 할 수 있는 선외단을 이끈다.

때문에 비교하자면 사마충에 비해 중요도는 조금 떨어진다고 볼 수 있었다.

각자 방으로 들어와 자리에 앉자 그사이에 하녀들이 들어와 차를 내려놓았다.

하녀들이 나간 이후 장호가 입을 열었다.

"제가 없는 사이 모두 수고해 주셔서 감사드립니다. 본 문은 현재 성장 일로이니 모두 노력하여 더 큰 성세를 이룩할 수 있도록 해주시기 바랍니다."

"이 모두 문주님의 은덕이 아니겠습니까? 문주께서 선덕을 쌓으시니 이미 이 근방에서는 문주님을 칭송하고 있습니다."

장호의 말에 칠검도인이 평소 하지 않던 아부성 발언을 한다.

그런데 그 음색이 몹시 담담해서 아부를 한다기보다는 사실을 전달하는 것처럼 느껴졌다.

"본도의 말이 의외이신가 보군요."

"솔직히 그렇습니다."

"허허, 그래도 저는 도인이지 않습니까? 문주께 의탁한 까닭은 과거에도 밝힌 바 있지만 그 선덕 때문입니다."

선덕지도.

이는 도인들의 중요한 수행 과정 중 하나이다.

도인들은 구도를 위한 노력 와중에 타인을 돕는 선덕행을 해야 진정한 도를 이룰 수 있다고 믿었다.

그것이 진실인지 아닌지는 모르나, 선덕행을 한 도인치고 경지에 오르지 않은 도인이 없다는 이야기가 있었다.

칠검도인은 과거 장호의 휘하에 들어올 적에 그러한 이유를 들었다.

물론 장호는 의례적으로 하는 이야기인 줄 알았다. 한데 그게 본심이었나 보다.

"덕분에 본도 역시 최근 진전이 있었으니 이는 만인의 홍복이지요."

"진전이 있으셨다니 축하드립니다."

"아닙니다. 제가 보기에 문주께서 더 큰 공부를 하고 오신 듯한데 어찌 축하를 받겠습니까?"

칠검도인의 말에 장호가 희미하게 미소를 짓고 말았다.

장호는 본시 초절정의 경지였다.

하나 이번 외유를 통해 선천의선강기가 이미 내단의 경지로 변하였다.

게다가 그 내공의 깊이는 삼 갑자를 넘지 않았는가?

그 기운을 칠검도인이 알아차린 것이다.

칠검도인은 본시 절정고수였는데 지금 보니 말대로 진전이 있었는지 초절정의 경지에 들어서 있었다.

이 정도면 그도 강호에서 내로라할 수 있는 고수가 된 셈이다.

"그나저나 새롭게 오신 분을 소개시켜 주시려는 것 아니셨습니까?"

"맞습니다. 인사하시죠. 새롭게 본 문의 총관으로 모신 혈서생 임진연입니다."

장호의 말에 칠검도인의 눈에 이채가 서리고, 사마충은 외눈으로 혈서생을 조용히 바라보았으며, 유병건은 이미 알고 있다는 듯 조용히 장호를 바라보았다.

"정확히는 의선문의 총관으로 모셨습니다. 선문의방은 예전과 같이 유 총관이 담당할 것입니다."

"문파를 위해서 강호 전반에 해박한 지식을 가진 분을 모셨습니다그려. 만나서 반갑소, 임 총관. 칠검도인이라는 부끄러운 별호를 갖고 있소이다."

"보의단주 사마충이오."

"낮에 잠깐 만났지만, 다시 인사드리겠소. 선문의방의 총관인 유병건이오."

세 사람이 전부 포권을 해 보인다.

임진연은 그들에게 포권을 하고 고개까지 깊이 숙이며 인사를 하였다.

"혈서생이라는 별호를 쓰고 있는 임진연이라고 합니다. 광동성을 비롯한 험한 지역에서 살아와 과거가 그리 좋지 못하나, 지금은 문주님께 감복하여 심복이 되고자 마음먹었으니 좋게 봐주셨으면 합니다."

임진연의 매끄러운 자기소개에는 진정성이 담겨 있었다.

칠검도인은 그저 웃는 낯으로 고개를 끄덕였고, 유병건은 그저 바라보고 있다.

문제는 사마충이었다.

"문주님, 임 총관에게 질문을 해도 되겠습니까?"

"하십시오."

"임 총관, 그대에 대해서 내 들은 바가 있소."

사마충의 말에 임진연은 작게 고개를 끄덕이며 말을 이으라는 시늉을 해 보인다.

"그대가 익힌 무공이 반드시 남자와 관계를 맺어야 하며,

그 상대를 죽인다고 하더군. 사실이오?"

사마충이 들은 것은 임진연에 대한 흔한 소문 중 하나였다.

애초에 임진연의 행태는 세인들의 입에서 오르내리기에 충분한 자극적인 이야기가 아니던가?

물론 임진연은 이에 대해서 부정할 생각은 없었다.

"그것은 잘못 알려진 이야기군요."

"사실이 아니라는 거요?"

"그렇습니다. 제가 익힌 무공의 이름은 음사마공이라고 하여, 과거 누명을 쓰고 옥에 갇혔을 때 억지로 익히게 된 것이니까요."

임진연은 표정 하나 바뀌지 않고 자신이 익힌 무공에 대해서 이야기를 늘어놓았다.

"때문에 저는 보통은 창기들에게 두둑하게 돈을 주고 연공하고 있습니다. 창기들도 며칠 정양하면 건강을 되찾을 수 있고 보수가 후하여서 나름 만족하더군요."

그 말에 유병관은 조금 불편한 표정을 지어 보였고, 칠검도인은 흥미롭다는 표정을, 그리고 사마충은 무표정이 되었다.

"그렇다면 좋소. 그대가 악행을 저지르지 않는다면 나는 그대를 환영할 것이오."

"심려케 해드려서 죄송합니다."

임진연은 고개를 다시 한 번 숙여 보였고, 사마충은 손을 내저었다.

"그러면 통성명을 끝냈군요. 임 총관은 내일부터 유 총관에게 인수인계를 받고 의선문의 구조를 파악한 이후 문파의 행정을 처리할 사람들을 구하도록 하세요."

"예, 문주님. 명을 받들겠습니다."

"좋습니다. 아시다시피 본 문은 현재 아주 빠른 속도로 크고 있습니다. 그리고 선외단주가 말했듯이 저희는 인근 백성들에게도 지지를 받고 있는 중이죠. 그뿐 아니라 본 문의 그늘 아래 벌써 이십만 명에 달하는 사람이 기대어 살아가고 있습니다. 그렇지 않습니까, 유 총관?"

"정확하십니다. 현재 이십이만오천여 명 정도가 본 문의 농지, 약방, 의방에서 일하고 있습니다."

이십이만오천 명.

이 정도면 하나의 대도시를 지배하고 있는 거대한 세력이라고 보아야 했다.

반역은 무리더라도 한 지역의 패자가 되기에는 충분하다.

거대 문파라고 할지라도 이렇게 많은 수의 사람을 부리고 있지는 못한다.

그것을 생각하면 그 덩치는 사실 명문 대파들을 능가했다고 보아야 했다.

게다가 지금도 의선문의 세력은 더욱 빠르게 늘어나고 있는 중이다.

세상이 어지럽기 때문에 많은 수의 사람이 유리걸식하고 있었다.

의선문은 그런 이들을 흡수하여 농지를 계속 늘이고 있기 때문이다.

이미 람현과 태원 사이에 있는 땅 전부가 의선문 소유이다.

게다가 최근에는 람현 인근의 땅까지 모조리 사들이고 있어서 그야말로 땅 부자 소리를 들을 만했다.

람현과 태원 사이의 땅을 전부 농지로 만들면 적어도 인구 사십만 명이 농사를 지을 수 있을 정도이다.

"좋습니다. 본 문의 문규는 오로지 하나, 사람을 구하라. 저는 그 의지를 위해서 본 문을 세웠으니 더 많은 사람을 구해야 할 것입니다."

장호의 말과 함께 음식이 나오고 술이 들어왔다.

그리고 사람들은 취기가 돌 때까지 깊이 이야기를 나누었다.

그렇게 혈서생 임진연은 무사히 의선문에 들어올 수 있었다.

*　　　　*　　　　*

임진연.

그는 좋지 않은 과거를 가진 불운한 천재 중의 하나였다.

어설프고 기이하게 익힌 음사마공으로 절정에 오를 정도이니 그의 재능이 남다름을 알 수 있다.

그는 불과 보름 만에 의선문의 모든 행정 업무를 파악했으며, 유병건에게 확실하게 인수인계를 받았다.

그렇게 하고 나서 그가 가장 먼저 한 일은 바로 몇 가지 사업안을 만들어 장호에게 보고한 일이었다.

"목재소?"

"그렇습니다. 정확히는 장작용 목재소이지요."

그는 여전히 촉촉하고 붉은 입술을 달싹이면서 설명을 이어나갔다.

그의 섬세하고 보드라운 손가락이 두루마리를 펼쳤다.

"이것은 제가 특별히 제작한 지도입니다. 한번 보시지요."

"흐음. 특이한 선이 있는데, 이것은 뭐지?"

"장작의 흐름입니다."

"장작의 흐름이라?"

"아시다시피 이곳 태원은 대도시이고 인근에는 장작이 없습니다. 때문에 몇몇 장작을 만드는 나무꾼이 나무를 해 와이곳에 가져다 파는 형편입니다."

"그렇긴 하지."

장호도 그에 대해서는 알고 있었다.

그런 나무꾼들은 인맥이나 뇌물을 이용해서 큰 객잔에 장작을 납품해 살아가고 있는 중이다.

객잔의 주인이 아닌 점소이들이 장작을 주로 사들이기 때문에 중간에서 점소이들이 짭짤한 부수입을 챙기는 일이 비일비재했다.

"그래서?"

"아실지 모르겠습니다만 이 태원의 겨울은 혹독합니다. 아니, 대부분 대도시의 겨울이 혹독하다고 해야겠지요."

임진연이 자세히 설명했다.

대도시는 장작을 구하기가 어렵다.

그런데 대도시에는 장작을 구입할 수 있을 정도로 돈 많은 이들만 사는 게 아니었다.

그런 이들을 떠받치는 빈민이 더 많이 살고 있다.

물론 지금의 태원은 빈민의 수가 격감하여 이제는 겨우 삼사만 명 정도뿐이긴 하다.

그 때문에 인력 부족 현상이 벌어져 그 빈민도 대부분 일자리를 찾게 되어 제법 잘살게 되긴 했다.

빈민에서 서민이 된 것이다.

그렇다고는 해도 장작 구입은 그들에게 제법 부담이 될 수밖에 없었다.

그렇다고 장작을 구입하지 않는다면 겨울을 나는 것이 몹시 힘들고 괴롭다.

예전처럼 얼어 죽을 것을 걱정하지 않을 정도로 살림은 폈지만, 그렇다고 추위를 모두 막을 정도는 아니었다.

만약 그랬다면 서민이 아니라 평민일 테니까.

게다가 평민들도 장작 값은 부담이었다.

장작이라는 게 겨울 외에는 수요가 일정하지 않기 때문에 생활을 영위하는 것이 어려워 나무꾼의 수가 쉽게 늘지 않았다.

게다가 나무꾼의 일이라는 게 보통 힘든 게 아니다.

적어도 걸어서 하루 정도는 가야 나오는 산에서 나무를 해 와야 하니 이게 몸만 있다고 되는 일이 아닌 것이다.

거리와 짐을 생각하면 적어도 소나 말 같은 수레를 끌 수단이 있어야 했다.

한번 산에 들어가면 적어도 며칠간은 나무를 해서 팔아야 돈을 조금 만질 수 있었다.

그러니 대도시는 어디를 가든 만성적으로 장작 값이 제법 나갔다.

이는 체계화된 장작 유통 체계가 없기 때문이다.

그런 설명에 장호는 감탄한 기색이다.

"게다가 문제는 그뿐이 아닙니다."

"뭐가 또 문제인데?"

"본 문에 속한 농부들도 문제지요. 일부 지역은 아직 숲이 주변에 남아 있지만 일부 지역은 근처에 숲이 없습니다. 즉 대도시와 비슷한 문제가 벌어지고 있는 셈입니다. 물론 큰 문제가 되는 것은 아닙니다. 이 태원도 지금까지 그렇게 지내왔으니 별로 큰 문제는 아니지요. 하지만 이를 체계화한다면 크게 돈을 벌 수 있습니다. 그리고… 힘을 가질 수 있죠."

"돈을 벌 수 있다는 것은 이해하는데 힘을 가질 수 있다는 건 또 뭐지?"

장호는 이게 확실하게 수익이 날 것이라는 것은 이미 깨닫고 있었다.

하지만 힘을 가질 수 있다는 건 또 뭔가?

"권력입니다."

"권력?"

"예. 체계화된 장작 유통망을 만들게 되면 어떻게 될 거라고 생각하십니까?"

유혹하듯이 은근한 표정으로 물어오는 임진연.

그러나 장호는 그런 모습에 신경 쓰지 않고 생각에 잠겼다.

장작 유통망을 만들면 어떻게 되냐?

"우선… 나무꾼들이 전부 다른 직업을 가지게 되겠군. 그거 원망 많이 받겠는데?"

"그들이 벌던 금액보다 더 많은 돈을 주고 저희가 고용하면 되니 문제는 없습니다. 그 이후의 일이 문제지요."

"그 이후?"

"저희가 태원의 모든 장작을 공급합니다. 반대로 말하자면… 겨울에 장작을 팔지 않겠다고 위협할 수도 있다는 것이죠."

"아!"

장작의 권력화.

그게 무엇인지 장호는 바로 깨달았다.

독과점의 폐해이다.

의선문이 장작 유통망을 만들고 모든 장작 공급을 도맡아 한다.

이렇게 되면 모든 객잔이 의선문의 눈치를 보게 된다.

하루라도 장작이 없으면 안 되는 곳이 바로 객잔이 아닌가?

객잔뿐만이 아니다.

기루도 그렇고 대장간도 마찬가지다.

대장간에서는 주로 흑탄 같은 것을 쓰지만 장작을 안 쓰는 것은 아니다.

즉, 장작을 쓰는 모든 업종이 그때부터 의선문의 영향력 아래에 들어온다고 보아야 했다.

그리고 그런 이들의 생활에 영향을 끼칠 수 있다는 것은 하나의 권력이 생겨난다는 것이다.

장작 유통 권력.

이미 장호는 의선문의 설립과 의료 업계를 일통함으로써 사람들의 생명을 손에 쥐고 있다고 보아야 했다.

장호의 선문의방에서 치료를 받지 못하면 어디 가서 치료를 받는단 말인가?

적어도 며칠 정도는 걸어서 다른 대도시나 마을에 가야 치료를 받을 수 있을 것이다.

그리고 그것은 결코 좋은 일이 아니었다.

게다가 산서성의 거의 절반에 해당하는 지역이 장호의 약초 농지에서 나오는 약초를 공급받고 있는 중이다.

각 지역의 의방, 의원들에게 약초를 공급하지 않겠다고 압박한다면?

그것도 하나의 권력이다.

물론 약재 유통 쪽은 아직 완전한 것은 아니다.

각 지역엔 의원들이 있고, 그 의원과 거래하는 약초꾼이 다수 있기 때문이다.

그러나 산서성의 성도인 대도시 태원에서만큼은 장작 하나로 제법 큰 권력을 만들 수 있게 된다.

"무서운 생각을 하는데?"

"과찬이십니다."

"좋아, 장작 사업을 시작해 보자고."

"알겠습니다."

"다음 사업은 또 뭐지?"

"중고 물품의 거래입니다."

"응? 그게 필요한가?"

중고 물품.

단순히 생각해 보면 참 별것 없어 보인다.

중고란 무엇인가?

바로 사용하던 물건이 아닌가?

특정 상품, 그러니까 예술품 같은 것을 제외한다면 사용하던 물건의 경우 그 가격이 떨어지는 것이 당연한 일이다.

그런데 장호가 생각하기에 이게 그리 큰돈이 되는 것 같지는 않았다.

그렇다고 장작 사업처럼 어떤 영향력을 행사하게 되는 것도 아니다.

"돈은 그리 크게 되지는 않습니다. 다만 몇 가지 좋은 효과가 있지요."

"좋은 효과?"

"예."

"어떤 효과인데?"

"우선 일자리를 제법 만들 수 있습니다. 적어도 백 명 정도는 고용이 가능하지요."

"그리고?"

"두 번째로는 이를 통해서 문주님께서 원하시는 백성들의 구제를 할 수 있게 된다는 점입니다."

"그게 무슨 소리지?"

장호의 물음에 임진연이 부드럽게 웃어 보인다.

"태원에는 제법 잘사는 사람이 많습니다. 그리고 그들이 버리는 물건도 제법 많죠. 그런 이들에게서 조금은 낡았지만 쓸 만한 물건을 수거하고 그것들을 적당히 수선해서 서민들에게 중간 공임비만 받고 넘기는 겁니다."

"호오!"

"서민들은 모두 부족한 사람들이지 않습니까? 그들에게 가구를 갖추어준다면 당장 삶이 조금이나마 펴졌지요."

"좋은 생각이야."

장호는 흡족해했다.

임진연의 생각은 장호의 뜻에 부합되는 것이었으며, 동시에 의선문의 세력을 더더욱 강하게 만드는 것이었다.

그것은 다른 명문 대파들도 하지 못하는 일이다. 이것은 의선문이 의약이라는 업종을 완전히 쥐고 있기에 가능한 일이었다.

그리고 장작, 이어서 식량, 그리고 생활 전반.

하나둘 태원이라는 대도시 하나를 집어삼키고 나면 그다음은 산서성 전체다.

그리고 산서성 전체를 집어삼키고 통제할 수 있게 된다면?

무림 전체와도 대적할 수 있다.

그 대상이 설사 황밀교라고 할지라도 말이다.

장호는 거기까지 생각하고 임진연을 얻은 것에 대해서 새삼 다시 생각했다.

"정말 잘해주고 있어. 일을 시작한 지 얼마 되지도 않았는데."

"칭찬해 주셔서 감사합니다. 저는… 쓸모가 있는 사람이죠?"

그렇게 말하며 눈을 흘기는 임진연은 어째서인지 꽤나 요염했다.

"그래, 인정하지. 쓸모 있는 사람이다."

"감사드립니다."

"그러면 일을 진행해. 자금은 충분하잖아?"

"예."

"그리고 일전에 시킨 일은?"

"가족을 중시하는 가장이 있는 빈민을 이미 삼백여 가구

확보해 두었습니다."

"좋아, 그럼 바로 시작하자."

"예, 문주님."

둘은 또 무슨 계획을 세운 것일까?

第三章

인간 연단로

과거로부터 연단의 술은 여러 갈래로 뻗어나가
사람들 사이에서 연구되어 왔다.
그중에는 사람의 몸 그 자체를 연단로(燃丹爐)로 사용하는 방법도 연구
되었는데, 이 방법이 기존의 기공법과 합하여 발전한 경우도 있었다.

강호 무공의 역사

"만나서 반갑소. 내가 의선문의 문주인 장호요."

장호는 삼백 명이나 되는 꾀죄죄한 사람을 모아놓고 연단 위에 섰다.

꾀죄죄하고 못 먹어서 창백한 사람들.

장호가 많은 빈민을 거두어들였지만, 그럼에도 빈민은 어디선가 생겨나 자리를 채운다.

그 수가 과거에 비하면 삼분지 일도 안 된다지만 없는 것은 아니었다.

장호는 그런 빈민들을 대상으로 은밀히 뒷조사를 했다.

그리고 그중에서 가족을 중요시 여기는, 다른 이들에 비해서 조금 더 도덕적인 사람을 삼백 명이나 뽑아 불러 모았다.

"우선 계약 사항에 대해서 미리 말해두겠소. 그대들은 본 문과 계약하는 순간부터 본 문의 속가제자와 같은 대우를 받을 것이며, 그대들의 가족을 위한 집과 땅까지 제공받을 거요. 대신 본 문에 완전히 묶이게 되고 배신자는 그 본인과 가족까지 전부 엄벌에 처하오. 그럼에도 불구하고 본 문과 함께하고자 하는 이는 그대로 앉아 있을 것이며, 하기 싫은 자는 자리에서 일어나 밖으로 나가기 바라오. 다만 이미 밝혔듯이 그대들이 해야 할 일은 조금도 위험한 일이 아니며 그리 힘든 일도 아니오. 그저 보안이 철저해야 하는 일일 뿐."

장호의 말에 좌중은 웅성거리지도 않았다. 그저 조용하게 장호만 바라보고 있다.

"나갈 사람은 없소?"

장호는 말과 함께 좌중을 쓸어 보았다.

그러나 그들은 그저 고요하게 장호를 바라보고 있을 뿐이다.

그러기를 일각.

누군가가 벌떡 일어났다.

드디어 떠나려는 자가 생긴 것인가?

"없습니다, 소신선님! 저희는 소신선님을 따르고자 하오니 받아주십시오!"

그는 마르고 창백한 사람이었다.

그렇게 말하고는 그대로 절을 하며 고개를 조아리더니 그 상태로 소리를 질렀다.

"아이가 배가 고파 죽을 뻔했습니다! 입에서 거품이 나고 말라서 뼈가 드러나 보일 지경에 밀전을 나누어 주신 이 은혜를 어찌 잊겠습니까? 저는 그저 소신선님을 따르려고 하니 부디 받아만 주십시오!"

필사적인 절규와도 같은 외침이었다.

그것은 장호에게는 전혀 예상 밖의 이야기였다.

장호가 소신선이라고 불리고 있기는 하다.

아직 나이가 어리다 보니 세인들은 그를 소신선이나 소신의라고 불렀으니까.

그러나 저런 평범한 사람들에게까지 이런 지지를 받을 줄이야.

이게 임진연이 말한 영향력이라는 것일까?

"받아주십시오!"

"소신의님, 저희를 버리지 마세요!"

다른 사람들도 절을 하며 고개를 조아리고 소리를 질렀다.

그들은 이곳에 오기 전 대부분 계약 조건에 대해서 들었다.

한번 계약하면 평생을 의선문에서 지내야 했고, 그것은 가족들도 마찬가지라고 했다.

하지만 한편으로는 집과 땅을 주고 별도로 그들이 평소에
는 만져 볼 수 없는 넉넉한 품삯을 매달 월급 형태로 지급한
다고 했다.

의선문이 돈을 많이 벌고 있음을 모르는 태원 사람은 없다.

또한 그만큼 사람들을 위해서 여러 가지 일을 한다는 것을
모르는 태원 사람도 없다.

과거에 비해서 열 배 정도 싼 치료비만 해도 이미 사람들에
게는 선망의 대상이다.

그런 의선문에서 특별히 사람들을 모집했다.

이렇게 모집된 이들에게 이것은 하늘에서 내려온 황금 줄
이나 다름없었다.

"모두 조용히."

장호가 내력을 실어 말하자 모두가 조용해졌다.

"그대들의 마음은 잘 알겠소. 그렇다면 그대들 모두가 본
문가 함께하고자 하는 것으로 알고 이야기를 계속하겠소. 우
선 모두 일어나 편하게 앉으시오."

장호의 말에 모두가 주섬주섬 일어나 앉았다.

무질서해 보이지만 그들의 두 눈에는 오로지 장호뿐이었
다.

장호는 그런 그들의 태도가 부담스러웠지만 우선 할 일이

있기에 말을 이었다.

"그대들도 내공심법이라든가 기공이라는 것에 대해서는 들어보았을 거요."

장호의 말에 대다수가 고개를 끄덕였다. 촌놈 무지렁이라고 해도 무공이 뭔지 정도는 알았다.

"본 문은 예로부터 특별한 약을 만들기 위해서 특별한 내공심법을 익혀서 사용했소. 그대들이 앞으로 할 일이 바로 그것이오."

장호의 말에 모두가 어리둥절했다.

"인간 연단로. 그것이 바로 그대들이 할 일이니 잘 듣기 바라오."

장호의 설명이 이어졌다.

*   *   *

구처수는 본래 제법 잘사는 지방 토호의 아들로 태어났다. 어릴 적에는 유복하게 지냈고, 그가 성인이 되고 나서도 큰 문제는 없었다.

태원에서 대략 십오 일 정도를 걸어야 나오는 작은 마을의 토호이던 구가(救家)는 마을 주민과도 사이가 좋았다.

그는 그 지방의 땅 부자였는데, 소작농들에게 박하게 굴지 않은 탓이다.

게다가 평소 재물을 모아두었다가 흉년이 들면 그것을 풀어 사람들을 돕기도 했다.

여하튼 그런 작은 동네의 토호이던 구가는 나름 잘살고 있었다.

하지만 몇 년 전 산적들이 들이닥쳐 모든 것을 바꾸어 버렸다.

마을 주민 중 반이 죽임을 당했고, 여자들은 창녀로 판다면서 끌려갔다.

구가 역시 거의 몰살을 당했다.

구처수는 그 당시 겨우겨우 아내와 어린 아들 하나만을 데리고 마을에서 탈출할 수 있었지만 그 이후로는 결국 빈민이 되어 떠돌아야 했다.

평생 별 부족함 없이 살아온 그인지라 별다른 능력이 있는 것도 아니었다. 그저 성격이 순후하고 정이 깊은 그런 사람일 뿐이었다.

그의 집안이 부자였으니 그런 성격은 사람들에게 인덕 있게 보였었다.

그러나 빈털터리가 되어 세상에 내몰린 그에게 도움이 되는 일은 아니었다.

그 외에 그가 할 수 있는 일은 그저 글을 읽고 쓰는 정도이다.

그러나 그런 자리는 이미 다른 사람들이 차지하고 있었다.

결국 근근이 이런저런 품팔이를 하면서 살아야 했고, 그 결과 계속 빈민으로 지내게 되었다.

그가 살고 있는 집도 폐가를 수선하여 머물고 있는 것으로, 사실 그가 집주인도 아니었다.

태원이 대도시라고는 하지만 그 내부에 이런 집이 꽤 되었다.

이 시대가 본래 그랬다.

여하튼 그렇게 겨우겨우 살던 그였다.

그러던 어느 날, 아이가 많이 아팠다.

그래서 구처수는 아이를 데리고 평소 소문으로만 듣던 의선문으로 갔다.

의선문은 다른 의원들과는 완전히 달랐다.

아이를 무료로 치료해 주었을 뿐만 아니라 약간의 식량까지 내어주며 몸조리를 잘하라고 한 것이다.

그것은 그에게 큰 은혜로 다가왔고, 때문에 의선문에서 사람을 찾을 때 가장 먼저 지원했다.

과거 소작농을 구할 적에는 품팔이를 하러 다른 마을에 가 있었기에 이번이 적기였다.

그리고 지금 그는 제법 큰 항아리 위에 올라앉아 있었다.

"하아, 후우."

이제는 그의 군주가 되었다고 할 수 있는 의선문주 장호는 이를 선천의선강기라는 내공심법이라고 하였다.

의선문주는 구처수를 포함한 삼백 명 모두에게 선천의선강기를 가르쳤다.

물론 완전히 가르친 것은 아니다.

운기법과 축기법, 그리고 요상결만 가르쳤다.

하지만 이것만 수련해도 평생 무병장수하며 보통 사람보다 엄청나게 건강하고 뛰어난 몸을 가지게 된다.

물론 이것을 가르쳐 준 것에는 이유가 있다는 것을 구처수도 알고 있다.

비록 별다른 재능은 없지만 유복한 집에서 태어난 덕분에 학문을 배워 익혔고, 과거에는 잡다하게 연단술의 서적도 읽었던 그다.

바로 인간 연단로다.

지금 구처수가 올라앉은 뚜껑이 덮인 거대한 항아리. 그 위에서 그가 선천의선강기를 수련하면서 내가진기를 항아리로 보냈다가 다시 단전으로 되돌리는 수련을 행한다.

그러면 항아리 안의 약물이 선천의선강기의 진기의 영향을 받아 강력한 약력을 가진 채로 변화하는 것이다.

구처수도 이러한 방법이 있다는 것을 서적에서 보기는

했다.

하지만 보았을 뿐 정말 가능하다고는 생각조차 한 적이 없다.

과거에 그런 서적을 읽을 적에 '세상에는 참 뻥이 많아' 라고 생각했을 정도이다.

하지만 지금은 현실이다.

하루 네 시진 동안 해야 하는 구처수의 직업이기도 했다.

하루 네 시진, 한 달 삼십 일 중에서 이십오 일간은 이 일을 해야 했고, 오 일은 아예 쉴 수가 있었다.

하루 종일 밭일을 해야 하는 소작농에 비해서는 너무나도 편한 일이라는 것을 그는 잘 알고 있다.

그러나 편한 만큼 어렵기도 했다.

하루 네 시진 동안 내공심법을 수련한다는 것은 보통 집중력으로는 안 되기 때문이다.

그래서일까?

장호는 약력을 가장 진하게 한 열 명에게는 포상금을 주고, 가장 못한 열 명에게는 월급을 일 할 깎는다는 말도 하였다.

그는 가장 잘한 열 명에 들고 싶었다.

구처수는 그렇게 생각하면서 내공수련에 열을 올렸다. 끊임없이 선천의선강기의 세계에 파묻혀 내공을 순환시킨 것이다.

그는 아버지였다.

가정을 지키기 위해서는 뭐든지 한다!

그 각오로 그는 계속해서 내공수련에 침잠해 들어갔다.

*　　　*　　　*

인간 연단로의 비법은 여러 연단 문파에 퍼진 지식 중 하나
이다.

어떤 곳에서는 아예 사람을 재료로 하여 그 혈정과 선천진
기를 뽑아내 사용하는 사악한 문파도 있었다.

그러나 의선문의 연단 비법은 조금 달랐다.

단약연신법이라고 하는 것으로, 선천의선강기로 내공을
수련할 때 그 진기를 외부로 돌려 영약을 정련하고 남은 기를
돌려받는 형식을 취한다.

그렇지 않아도 느린 선천의선강기의 축기이지만, 이렇게
단약연신법을 행하면서 내공을 수련하면 그 효율은 무려 삼
할로 떨어지고 만다.

즉, 세 배나 더 느려진다는 것이다.

때문에 의선문에서는 어지간한 일이 아니고서는 단약연신
법을 사용하는 이가 없었다.

장호도 가끔은 이 단약연신법으로 수련하고 영약을 만들
지만 느려지는 축기 속도는 걱정거리 중 하나였다.

그러다가 아예 개념을 바꾸어보기로 했다.

단약연신법만 행할 사람들을 따로 뽑으면 되지 않겠는가!

그렇다.

단약연신법을 행하는 사람의 수가 많아지면 준영약의 수를 기하급수적으로 늘일 수가 있다.

그리고 단약연신법을 오랫동안 행한 약물이나 약재가 있다면 영약으로 쓸 수도 있었다.

그렇게 해서 바로 삼백 명을 뽑았다.

그들에게는 본래 십 년 계약을 내밀 셈이었다.

그러나 임진연의 의견을 받아들여 아예 문도로 받아들이고 그들의 가족까지 완전히 책임지게 하였다.

이는 배신을 막기 위한 조치 중 하나였다.

비록 축기법과 운기법, 그리고 요상결만 가르쳤기에 반쪽짜리라고는 해도 선천의선강기가 유출되어서 좋을 것은 없었다.

게다가 이렇게 단약연신법을 행하던 이들이 다른 의약 업체나 혹은 문파로 넘어갈 수도 있음을 대비한 것이다.

그들의 가족까지 책임져 준다면 가족 때문에라도 배신할 수가 없게 된다.

물론 그러고도 배신하는 자들이 없지는 않겠지만 그 수는 확실히 급감한다.

그렇게 석 달이 지났다.

장호는 그들에게 제약단이라는 이름을 붙였고, 전 문도에게 그들을 존중하라고 일렀다.

왜냐하면 이들 제약단원이 만들어내는 준영약을 가장 먼저 먹는 이들이 바로 보의단과 선외단이기 때문이다.

한 명의 제약단원이 항아리에서 한 달 정도 앉아서 단약을 숙성시키면 한 알을 먹으면 바로 반년의 내공을 얻을 수 있는 준영약이 만들어진다.

단순 계산으로 하면 일 년에 무려 육 년 치의 내공을 얻을 수 있게 되는 것이다.

즉, 장호가 구상한 내공 증진 계획에 부합되는 형태였다. 그리고 이 사실에 대해서는 외부에 알리지 않도록 조심했다.

물론 장호도 오랫동안 알려지지 않을 거라고는 생각하지 않았다.

그래도 입조심만 하면 이에 대한 사실이 적어도 이 년에서 삼 년 정도는 가려진다.

그리고 그 정도면 충분하다.

이미 그 정도면 의선문에 모인 무인들이 적어도 내공으로는 전부 일류 수준에 들어서 있을 테니까.

일천오백여 명에 달하는 무인을 보유한 의선문이다.

그런 거기에 이들 전원이 일류 수준에 이른 내공을 가지게 된다면?

적어도 중건 무인의 수로는 명문 대파보다도 더 많은 숫자라고 할 수 있다.

그 위의 절정과 초절정, 그리고 화경의 고수가 없긴 하지만 기본적으로 무인의 숫자가 아주 많아지게 된다.

그리고 일류무인의 수가 일천이 되면 그 이후에는 결국 절정의 무인도 나오게 된다. 체계적인 훈련과 수련만 병행한다면 말이다.

많은 재물과 훌륭한 무공만 있으면 절정무인은 반드시 만들어지기 때문이다.

장호는 이후 십 년 안에 일천의 무인 중 적어도 삼백여 명은 절정의 무인으로 만들 생각이다.

초절정이나 화경의 경지에 이른 절대고수를 만들 수 없다면, 세력을 만들겠다.

아주 큰 세력을.

그리고 너희를 부숴 버리겠어.

황밀교, 바로 너희를 말이야.

장호의 심중에는 그런 생각이 자리하고 있었다.

이는 임진연과 함께하기 전부터 장호가 이미 생각해 놓은 그림이었다.

그런데 임진연이 있음으로써 더욱 확고해졌다.

석 달간 장호는 제약단을 만드는 데 심혈을 기울이고 그들이 준영약을 만들어내어 공급하는 과정을 감독하는 데 모든 생각을 집중했다.

그동안 임진연은 유병건과 같이 움직이며 많은 것을 해냈다.

불과 석 달.

그는 기존의 나무꾼들에 더하여 많은 사람을 고용해 완전히 체계화된 벌목소를 만들고 장작 유통망을 만들어내었다.

그리고 그것을 태원의 여러 주민과 상인들에게 소개하며 장작을 팔았다.

과거보다 안정적이고 가격도 세 배 싼 장작 가격에 태원의 시민 모두가 환호하며 좋아했다.

게다가 의선문이 하는 일이 아닌가?

누구도 방해하지 않았고, 공권력을 휘두르는 자들은 감히 콩고물을 달라고 요구하지 못했다.

물론 그렇다고 해서 임진연이 그들 포졸이나 관리들에게 돈을 안 준 것은 아니다.

비록 장호가 도찰원의 관직을 받아 건드리지는 않지만, 공포만으로 통제하는 것에는 한계가 있음을 알기에 적당히 기름칠을 했다.

그것은 확실히 효과를 발휘했다.

비록 큰돈은 아니지만 적절한 뇌물이 관리들에게 들어가자 이 태원은 그야말로 의선문의 것이 된 것이나 다름없었던 것이다.

하급 행정관들은 전부 의선문의 편의를 봐주려고 준비된 상태였고, 포졸들도 마찬가지였다.

그렇게 의선문은 내적으로는 무인들을 기르고 외적으로는 여러 가지 사업을 벌였다.

하지만 강호인의 눈으로 보기에는 조용히 지내는 것처럼 보였다.

왜냐하면 포목점이나 식량 운송, 혹은 표국을 여는 것과 같은 강호인들이 주로 뛰어드는 사업을 벌이지 않았기 때문이다.

그러나 확실하게 의선문의 세력은 강력해지고 있었다.

천하의 그 누구도 주시하지 않는 사이의 일이었다.

*   *   *

준영약을 한 달에 삼백 개.

물론 그를 만들기 위한 재물도 꽤나 어마어마했다.

적어도 한 달에 금자 구천 냥이 들어가니까.

즉, 준영약 한 개당 금자 삼십 냥 정도의 돈이 들어간다.

이건 순수하게 제작비가 그렇다는 것이다.

이 중 금자 한 냥은 바로 제약단원에게 지급되는 월급이다.

월 금자 한 냥. 이건 엄청 큰돈이다.

사 인 가족이 한 달에 은자 두 냥이면 빠듯하게 먹고살아 간다.

그런데 은자 열 냥이 금자 한 냥이니 이게 얼마나 큰돈인지 알 것이다.

그만큼 제약단원들에게는 대우를 잘해주고 있다는 뜻이다.

하지만 이 준영약의 가치는 사실 그 정도가 아니다.

제작비로 금자 삼십 냥이 들어가지만 이것들을 시중에 내다 팔면 적어도 금자 백 냥은 받아야 할 정도의 단약인 것이다.

한 알을 먹음으로써 바로 반년 치의 내공을 얻게 해준다.

이 얼마나 대단한 약인가?

여기에 꾸준히 내공 증진 보조제까지 먹으면 일 년에 십 년의 내공을 얻는 것도 불가능하지 않았다.

육 년 만에 일 갑자의 공력을 얻게 되는 것이다.

일 갑자의 공력을 가지고 있으면 쉬이 절정고수로 넘어갈 수가 있다.

그때부터는 체계적인 수련을 얼마나 했느냐에 따라서 검

기를 다룰 수 있기 때문이다.

검기상인의 절정고수가 된다!

이대로라면 육 년이면 절정고수가 될 수 있다.

게다가 의선문에 몸담은 이들도 기본적으로 무인이라서 개중에는 십 년 정도의 내공을 가진 이도 있었다.

그들은 이대로 오 년이면 일 갑자의 내공을 가질 수 있다.

그 체감은 엄청난 것이었다.

물론 금자 구천 냥이라는 무시무시한 거금이 투입되고 있기에 가능한 일이기는 했다.

하지만 의선문의 현재 수입은 기하급수적으로 늘어난 상황이기에 상관없었다.

한 달에 무려 금자 사만 냥의 순이익이 있기 때문이다.

늘어나는 일거리를 처리하기 위해서 학사들을 대량으로 고용하여 편성해야 할 정도였다.

유병건이 비명을 질렀고, 그런 유병건과 같이 일하는 임진연도 비명을 질렀다.

그래서 그들에게는 하루에 한 알씩 제약단이 만드는 준영약인 선천단이 공급되었다.

한 알을 먹으면 반년의 내공을 얻을 수 있다는 준영약을 하루 한 알씩 먹게 된 것이다.

덕분에 임진연은 내공이 급증해 날이 갈수록 아름다워졌다.

물론 한계가 있긴 하다.

준영약인 선천단을 섭취해서 늘일 수 있는 내공의 양은 일 갑자까지가 한계.

그 이상은 본인이 부단히 노력하거나 더 상위의 영약을 먹어야만 했다.

내공 증진 보조제.

이것의 경우에는 제한이 없다. 먹고 수련을 하면 효과를 본다.

그러나 준영약으로는 내공을 늘이는 데 한계가 있었다.

강호에서는 이를 내기의 불순함 때문이라고 보았다.

그러나 진짜 영약들은 진기가 몹시 순수하다.

준영약은 그렇지 않아 일 갑자까지가 한계인 것이다.

그 이후에도 계속 먹는 것은 이유가 있다.

피로 회복과 내상 회복, 진기를 다시 채우는 데에 탁월한 효과가 있기 때문이다.

여하튼 여태까지는 일 갑자의 내공을 가지지 못한 임진연이었다.

하지만 선천단을 먹어 일 갑자의 내공을 가지게 되며 그는 확실히 변했다.

피부는 여자보다도 더 고와졌고, 아무리 남자 옷을 입고 있어도 이제는 거의 여자로 보일 지경이었다.

약간 남성적인 느낌의 여성이라고 해야 할까?

음사마공의 진기와 선천단의 선천의선강기가 만나서 이런 괴이한 현상을 만들어낸 것 같았다.

물론 그의 몸에 안 좋은 일이 생긴 건 아니었다.

여하튼 그렇게 의선문은 확장을 거듭하고 있었다.

그리고 겨울이 지났다.

第四章

빨리 크는구나

어린아이는 정말 빨리 자란다.
우리가 상상하는 것 그 이상으로.

누군가의 말

"하압! 합!"

아직 앳되어 보이는 외모를 지닌 아름다운 소녀가 사람이 없는 밀실에서 검을 휘두르고 있었다.

검을 휘두르고는 있지만 그 자세는 무겁고 둔중했다. 이는 이 소녀가 익히는 검법의 특징인 듯 보였다.

방어에 중점을 두고 힘을 싣되 최소한도로 움직인다.

그렇게 하여 적의 공격을 확실히 막아내면서 반격을 가하는 무공.

소녀는 땀을 흠뻑 흘릴 때까지 검법을 수련하였고, 이윽고 완전히 지치게 되었을 때 수련을 멈추었다.

"후우우."

땀 때문에 무복이 옷에 달라붙자 소녀의 이제 피어나기 시작한 육신의 굴곡이 드러났다.

여기가 밀실이었기에 망정이지 아니었다면 남성들의 시선을 붙잡아놓았을 터다.

그만큼 소녀는 아름다웠다.

아직은 조금 덜 성숙했지만 그 눈동자는 마치 보석 같았고 피부는 백옥 같았다.

누가 봐도 미녀라고 할 만한 외모를 가졌으니 아름답지 않을 수가 없다.

그녀가 밀실의 한쪽으로 다가갔다.

그곳에는 커다란 항아리가 두 개 있었는데 그 안에는 물이 가득 담겨 있었다.

그녀는 그곳에서 옷을 전부 벗고 나신이 되었다.

그리고는 항아리에서 물을 퍼 그대로 몸에 쏟아부었다.

촤아아악!

차가운 물이 그녀의 달구어진 몸을 식혀냈다.

땀이 씻겨 나가고 열기도 사라진다.

그녀는 그렇게 수련으로 달아오른 몸을 차게 만들고서는 무표정한 얼굴로 미리 준비해 둔 새로운 옷을 꺼내어 입었다.

가슴 가리개를 하고 그 위에 상의를 입는다.

끈을 동여매 묶고서 그녀는 밀실을 나섰다.

무복이 아닌 의원이 입는 의복을 입고 밖으로 나온 그녀는 하늘을 보았다.

해가 어슴푸레하게 떠오르고 있었다.

이제 겨울이 가고 봄이 오는 계절이지만 그럼에도 춥고 쌀쌀하다.

산서성이 고산지대이기 때문에 겨울이 길어서 그렇다.

소녀에서 여인이 되려는 그녀는 하늘을 바라보면서 과거를 회상했다.

부모님이 돌아가시고 억척스럽게 살아왔다.

가까스로 점소이가 되어 일했고, 사실 일하면서 어린 나이에 몹쓸 짓도 많이 당했다.

하지만 동생을 위해서 그녀는 참고 견뎌내었다.

그래서 지금의 그녀가 되었다.

만약 그때 스승을 만나지 않았다면 어떻게 되었을까?

그런 생각을 하면서 그녀는 고개를 돌렸다.

과거의 회상에서 빠져나와 그녀는 다시 현실 앞에 섰다.

의선문주의 두 명뿐인 직전제자이며 장차 의선문을 책임질 이연이라는 이름을 가진 그녀가 거침없이 걸음을 옮겼다.

그녀는 해야 할 일이 많았다.

문주의 직전제자로서의 의무 외에도 선문의방의 의원으로서도 해야 할 일이 있었기 때문이다.

 잠을 자는 시간을 제외하고 그녀에게 허락된 여유 시간은 불과 하루에 한 시진 정도에 불과했다.

 그리고 그런 작은 여유 시간조차도 그녀는 자신의 무공과 의술을 수련하는 데 쏟아붓고 있었다.

 어찌 보면 사람이 아닌 기계처럼 보일 지경이지만 그녀는 신경 쓰지 않았다.

 그저 지금 이렇게 살아갈 수 있게 만들어준 스승에게 감사할 뿐이었다.

 "으… 으으……."

 오전 초진.

 입원한 중환자들을 돌면서 그녀는 환자들의 병세가 바뀐 것이 없는지 살폈다.

 그녀는 선천의선강기를 꾸준히 수련해 왔으며, 스승인 장호가 내려준 선천단을 먹어 지금은 내공이 적어도 반 갑자를 넘었다.

 어린 나이에 이미 반 갑자라는 내공을 가졌으니 이는 몹시 대단하다 말할 수 있었다.

 명문 대파에서도 이렇게 어린 나이에 이만한 내공을 가진 이는 드물었다.

물론 그것은 여러 가지 약의 효험에 힘입은 바가 크다.

하나 그것도 의선문의 힘이지 않겠는가?

여하튼 그녀는 자신이 맡은 환자들을 꼼꼼하게 진료하고서 입원실을 나섰다.

이어 그녀가 향한 곳은 제약실이었다.

최근에는 약을 그녀가 직접 만들지 않았다.

약제사라는 직책을 만들고 약을 전문적으로 조제하는 인원을 고용한 것이다.

그래서 그녀는 하루 종일 사람을 진료하고 치료하는 데 시간을 보낼 수 있게 되었다.

스승인 장호는 이를 의약 분업이라고 칭했다.

물론 이연은 그런 일련의 변화를 바라보고 겪으면서 스승인 장호가 보통 사람이 아님을 재확인했다.

처음에는 그저 무공을 익힌 강호의 의원으로 생각했던 스승이다.

그런데 스승은 시간이 지날수록 문규인 '사람을 구하라'는 이념을 단순히 말만이 아니라 실천에 옮기고자 했다.

스승은 그녀가 보기에도 엄청난 일을 척척 해내고 있었다.

이미 태원을 비롯하여 몇 개의 도시와 마을은 의선문의 것이나 다름없었다.

문주의 직전제자이기 때문에 그녀가 듣는 이야기가 상당

히 많았다.

그렇게 알게 된 사실들에 의하면 의선문 휘하에서 종사하는 이의 수가 이미 사십만 명이 넘었다고 한다.

사십만 명.

어마어마한 숫자다.

그들에게 직업을 주고, 월급을 준다.

그 많은 이를 먹여 살리는 주체가 바로 의선문이 된 것이다.

의선문이 벌어들이고 사용하는 돈은 이미 산서제일에 올랐다고 해도 과언이 아니었다.

그뿐이 아니다.

의선문 총관 임진연은 부임한 뒤로 여러 가지 사업을 새로 시작했다.

대규모 장작 사업과 중고 물품 거래를 시작으로 임진연은 그 이후 파생된 여러 사건을 통해서 사업을 더 늘린 것이다.

그가 가장 먼저 주목한 것은 곡물상이었다.

이미 대규모의 농지를 가진 의선문이니 다른 곡물상과 거래할 것이 아니라 직접 곡물상을 차리고자 한 것.

물론 그가 그렇게 마음을 먹게 된 데는 이유는 있었다.

태원에 자리한 곡물상 중 가장 큰 신원회라는 상단이 중간에 장난을 치려고 한 것이다.

산서성 절도사의 조카라고 알려진 신원회주는 그 지위를 믿고 폭리를 취하려고 하였다.

산서성 절도사 정도면 아무리 장호가 도찰원의 감찰사 자격을 가지고 있다고 해도 쉬이 건드리기 어려운 인물이다.

게다가 장호의 직위는 일종의 명예직.

감찰권을 가지고 있긴 하지만 어떻게 사용하는지도 모른다.

공주를 구한 대가로 받은 직위이기 때문이다.

신원회주는 그것을 알았는지 시비를 걸어온 것이었다.

그런 신원회주에게 임진연은 곡물상을 차리고 신원회와 거래하는 이들 모두를 압박하는 것으로 대응했다.

신원회주는 그에 기겁하여 삼촌인 산서성 절도사에게 매달렸다.

이대로 가면 그는 파산하고 말기 때문이다.

그러나 산서성 절도사는 나서지 못했다.

황궁으로부터 도찰원 부원주가 직접 내려와서 경고를 하고 간 탓이다.

황녀께서 보고 계시다.

이 한마디로 절도사는 신원회주에게 포기하라고 말할 수밖에 없었다.

결국 장호의 의선문은 곡물 유통망도 손에 넣게 되었다.

곡물, 장작, 의약, 중고 거래.

이 중 중고 거래는 그리 큰 이권이 걸린 일은 아니니 제외하더라도 나머지 세 가지는 의선문의 힘을 무시무시하게 강하게 만들어주었다.

그 때문에 겨울이 지나는 동안 의선문은 또다시 재편되었다.

보의단, 선외단 외에 새로운 조직인 삼당(三幢)이 만들어진 것이다.

삼당은 선외단과 보의단의 하부 조직이며, 또 다른 무력 조직이었다.

보의단에게는 한 달에 한 알씩 선천단이 제공된다. 비전인 선천의선강기, 혹은 원접심공을 익히고 있는 이들이다.

선외단은 원접심공을 익히는 이들로서 비록 계약직이라고는 해도 의선문에 뿌리를 박은 이들이다.

그런 두 단 밑에 위치하게 되는 삼당은 청호당, 흑호당, 백호당으로 이루어져 있다.

이들은 대부분을 군역을 치르고 돌아온 이들을 대상으로 모집하였다.

그 수가 무려 이천여 명이나 되었다.

장호는 이들 전원에게 창과 방패, 그리고 검을 가르쳤다.

그리고 이들에게는 전혀 새로운 내공심법인 생천선공이라

는 이름의 내공심법을 전수하였다.

생천선공은 이연이 알기로 스승인 장호가 흑점을 통해서 구입한 상승 절학이다.

생천선공은 선천의선강기처럼 육신을 강화해 준다거나 다른 여러 상승 절학처럼 독특한 공능을 가진 것은 아니었다.

다만 빨랐다.

축기 속도가 다른 상승 절학에 비해 무척이나 빨랐다.

그리고 안정적이다. 어지간해서는 주화입마에 걸리지 않는다.

즉, 빠르고 안전하게 내공을 쌓고 싶다면 이만한 무공이 없다는 것이다.

이제는 멸문한 도파의 한 계파인 현진문의 내공심법으로 강호에도 제법 널리 알려져 있는 내공심법이었다.

얼마나 빠르냐 하면 이걸 일 년 수련하면 육 년의 내력을 얻을 수가 있다고 한다.

일 년을 수련해야 겨우 이 년 정도의 내공을 얻을 수 있는 선천의선강기에 비하면 세 배나 빠르다고 할 수 있지 않은가?

여기에 여러 내공 증진 보조제를 먹으면 그 속도는 더더욱 빨라질 것이다.

적어도 일 년에 십오 년의 내공을 얻을 수도 있다고 한다.

물론 그에 들어가는 돈도 엄청나겠지만, 그게 가능하다는 것 자체가 중요했다.

이 년이면 반 갑자이고, 사 년에 일 갑자의 공력을 쌓을 수 있는 것이다.

여하튼 군역자 출신으로 만든 삼당은 무공수련과 함께 군사 훈련 비슷한 훈련을 받아왔다.

이들의 임무는 대인전(對人戰)이 아닌 다인전(多人戰)의 전투다.

다수의 사람과 다수로 맞부딪친다.

그러기 위해서 방진과 전투 진형을 연습했고, 다인전에 필요한 무공을 익혔다.

내공을 빠르게 늘이는 것도 그런 이유다.

다수에 의한 다수를 위한 전투.

그게 이들의 임무다.

그래서 무려 이천여 명이나 모은 것이다.

이들은 기본 단위가 조이고, 하나의 조에 삼십 명이 속해 있다.

그리고 무조건 하나의 조가 한 번에 움직인다. 그런 집단이다.

사마충의 의견을 받아들여 만든 것으로, 이들의 내공이 반 갑자만 되어도 강호에서 이들을 두려워하지 않을 자는 거의 없게 될 것이다.

숫자의 힘.

그것을 무시할 수는 없으니까.

이로써 의선문의 문도는 무려 삼천오백여 명이나 된다.

이연이 장호를 만난 지 이제 불과 사 년.

장호의 나이는 스물이 되었고, 이연의 나이는 이제 열여덟이다.

아직 어리다면 어린 두 사람이다. 두 사람이 처음 만났을 적에는 더욱 어렸다.

한데 불과 사 년 만에 이렇게 거대한 세력이 만들어졌다.

그것을 같이 보아온 이연에게 스승인 장호는 너무나도 거대한 사람이었다.

처음 만난 날,

자기보다도 나이가 열 살은 더 많은 줄 알았던 스승 장호가 자신보다 겨우 두 살 많다는 것을 알았을 때 얼마나 놀랐던가?

그래서 지금 그녀는 조금은 혼란스러워하고 있었다.

장호는 스승이다.

그녀에게 새로운 삶을 준 스승이다.

그녀를 어둠에서 구해주었고, 그녀에게 빛을 보여준 스승이다.

그렇다.

겨우 두 살 차이의 스승이었다.

꼬옥.

이연은 자신도 모르게 손을 힘주어 쥐었다.

그녀 스스로도 알아차리지 못하는 사이 마치 천에 물이 스며들 듯이 스승에 대한 마음이 생겨나 버렸다.

그것은 그녀에게 당혹감을 주었다.

그녀는 내색하지 않으려고 노력했다.

그는 스승님이다.

나이는 비록 별 차이가 없지만 그의 행동은 이미 나이를 초월해 있다는 것 정도는 잘 알고 있기 때문이다.

그렇기에 그녀는 더욱더 스승인 그를 마음에 담는다. 하지만 억눌러야 한다고 생각했다.

스승은 큰 꿈을, 그리고 큰 뜻을 지닌 거인.

그런 스승에게 도움이 되지는 못할망정 방해가 되어서는 안 된다고 생각했다.

그래서 더 열심히 한다.

그녀의 나이에 어울리지 않는 뛰어난 의술 실력과 무공 수준은 그렇게 해서 만들어진 것이었다.

스승인 장호의 체계적인 수련법과 계속해서 공급되는 준영약, 그리고 내공 증진 보조제만의 힘이 아니었다.

그녀의 재능, 그리고 그녀의 노력.

그게 아니었다면 이 정도 수준에는 이르지 못했을 터.

하지만 그녀는 더 노력하고 싶어 했다.

"이 공녀, 여전히 부지런하구려."

마음을 가다듬고자 잠시 서서 숨을 고르던 그녀의 귀에 목소리가 들렸다.

이미 누군가가 다가오고 있음을 알고 있었기에 이연은 당황하지 않고 고개를 돌렸다.

그곳에는 익숙한 이가 서 있었다.

바로 선문의방의 총관인 유병건이다.

"유 총관님, 안녕하세요."

"물론 안녕하오."

"바쁘신 분이 무슨 일로……."

"아, 지나가는 길에 방주님의 심부름을 좀 받았소."

그는 자연스레 말을 잇는다. 그런 그를 이연은 조용하고 차분한 시선으로 바라보았다.

"방주께서 이 공녀를 부르시오. 지금 당장."

"예, 알겠어요. 제 다른 일에 대해 조치를 해두어야겠네요."

"그건 내가 처리하리다. 그러니 가보시구려."

"감사합니다."

이연은 고개를 숙여 인사를 하고 조용히 스승의 집무실로 향했다.

최근 스승인 장호가 직접 치료하는 경우는 거의 없었다.

장호가 직접 치료할 정도로 위급한 환자가 거의 없기 때문이다.

불치병이라든가 난치병 정도가 아니라면 장호는 나서지 않았다.

게다가 선천단은 내공 증진에도 효과가 있지만 그게 다가 아니었다.

거의 만병통치약이라고 부를 정도로 병에도 효과가 있었기에 더더욱 장호가 나설 일이 없어졌다.

탁탁.

장호의 집무실.

그 앞에는 두 명의 무인이 경비를 서고 있다.

또한 그 집무실을 주변으로 여덟 명의 무인이 추가로 경비를 서고 있는 중이기도 했다.

의선문의 규모가 커지다 보니 문주인 장호의 안전에도 각별히 신경 쓰는 것이다.

물론 장호 자신이 초절정의 경지에 오른 강자이지만, 본시 경비라는 것은 경비 대상이 강하든 약하든 해야만 하는 것이 정석이다.

장호라고 해서 암살자에게 당하지 않으리라는 보장이 없

기 때문이다.

경비무사가 군례를 취해 보인다.

경비를 서고 있는 이들은 최초에 의선문의 문도로 가입한 보의단원이다.

보의단원은 그 수가 현재 의선문 내에서 가장 적은 무력 집단이지만, 무공 수준은 가장 높다고 할 수 있었다.

이연은 그들에게 포권을 해 보이고는 문 앞에 가 섰다.

"스승님, 부르심을 받고 왔습니다."

"오냐. 들어와."

드르륵.

문을 열고 안으로 들어선 이연은 책상에 앉아서 두루마리에 무언가 적고 있는 스승 장호를 볼 수 있었다.

훤칠한 키의 미장부.

그게 바로 장호의 외모라고 할 수 있었다.

처음 만났을 당시만 해도 그리 잘생겼다고는 볼 수 없던 이가 바로 장호다.

그런데 어느샌가 점점 이목구비가 조금씩 달라지더니 지금은 어디 가도 잘생겼다는 소리를 들을 외모가 되어버렸다.

게다가 키도 훤칠하다.

적어도 육 척은 넘을 것이다.

강호에서도 육 척이 넘는 키를 가진 이는 그리 많지 않았다.

그리고 무술의 세계에서 신장이 큰 사람은 그만큼 더 유리하다.

거리를 얻기 때문이다.

문득 이연은 피식 웃었다.

그런 조건들을 생각한 자신이 웃겼기 때문이다.

"잠깐 앉아서 기다려 줄래?"

"예, 스승님."

슥슥.

스승 장호는 두루마리에 무언가를 계속 적었고, 이윽고 일각이 지났을 때 작업이 끝났다.

"흠. 이 정도면 되겠지."

두무마리를 잡고 장호가 가볍게 내기를 불어넣어 먹을 말렸다.

그것을 바라보던 이연은 두루마리 내의 문구를 조금 볼 수 있었다.

그것은 무공의 심결 같았다.

척척.

두루마리를 말아서 옆으로 치운 장호가 이연을 바라본다.

그 시선에 이연은 흠칫했다.

"왜? 이게 궁금하니?"

"예."

"흠. 별건 아니다. 임 총관이 익힌 무공의 부작용을 없애주고 보완하는 내공심법이지. 며칠 동안 연구를 좀 했거든."

"아, 대단하세요."

"뭘 대단할 것까지야. 내공심법만 여섯 개를 알고 있는데 이 정도도 못할까 봐."

음사마공의 부작용을 없애고 보완한다.

말은 쉽지만 결코 쉬운 일이 아니다.

장호가 의술에 해박하고 인체에 미치는 여러 영향에 대해서 자세히 알고 있기에 가능한 일이었다.

장호의 말마따나 내공심법을 여섯 개나 알기에 가능한 일이기도 했다.

"너를 부른 것은 이제 선문의방 일에서 손을 떼야 할 것 같아서이다."

스승의 말에 이연은 자세를 바로 했다.

그것은 조금은 충격적인 이야기이기 때문이다.

"너도 알다시피 본 문은 그 세력이 제법 커졌지. 그리고 너와 네 동생은 내 후계자라고 할 수 있다. 단둘뿐인 직전제자이고 둘 중 한 명은 문주직을 계승하게 될 거야. 그건 알고 있겠지?"

"예."

"좋아, 문제는 우리가 의문(醫門)임과 동시에 무문(武門)이라는 거지. 다른 문파의 문도에 비해서 해야 할 일이 아주 많아. 의술도 배워야 하고 무공도 수련해야 하니까. 일단 네 의술은 합격선이다. 그 정도 수준이면 어디 가서 돌팔이 소리는 안 듣지. 그러면 이제는 무공에 집중해야 할 때야. 그리고 문제는 바로 그것에 있다. 너는 실전을 전혀 몰라. 그렇지?"

"예, 스승님."

스승인 장호의 말이 옳았다.

그녀는 세상 물정 모르는 어린아이는 아니다. 어릴 적 부모를 잃고 세상을 떠돌면서 세상이 어떤지 치가 떨릴 정도로 알게 되었다.

그러나 강호인으로서 실전을 치른 것은 아니다.

비록 반 갑자가 넘는 내공을 가지고 있고 여러 무공에 숙달되어 절정고수의 수준에 이르렀다고는 하지만, 그렇다고 해서 그녀가 실제로 사람을 죽여본 적은 없다.

"그래서 이제부터는 하루의 일과 대부분을 무공수련으로 보내야 한다. 그리고 보름 후에 나와 북방으로 무사 수행 겸 같이 가고."

"실전 경험을 위해서군요."

"그렇지."

"예, 준비하겠습니다."

"우선은 나가서 보의단주를 찾아가. 가면 너를 수련시켜

줄 거야. 주로 실전형 대련이겠지. 그리고 강호의 여러 가지 상황에 대한 훈련도 하고."

"예."

이연은 대답하고서 일어섰다.

"그래, 그럼 수고해라."

"예, 스승님. 스승님도 몸 보중하세요."

"내 걱정은 무슨. 그럼 힘내라."

"예."

그렇게 그녀는 보의단주를 찾아 걸음을 옮겼다.

第五章

강해지기 위한 방법

강해지기 위해서는 여러 가지 요소가 필요하다.

하지만 가장 중요한 것은 단지 하나다.

마음.

어떤 마음가짐을 가지느냐에 따라서 사람이 가질 수 있는

강함의 크기가 좌우된다.

어떤 조언

"실전 대련은 지금까지와는 다르다."

문주인 장호를 제외하고 보의단원은 모두 항렬상으로는 같다.

그들 모두가 이대제자인 것이다.

일대제자이자 문주인 장호 아래에서 무공을 수련한 자들.

항렬상 이들은 동등했다.

그것은 보의단주인 사마충과 직전제자인 이연, 이진 남매의 항렬도 동등하다는 뜻이다.

다만 사마충은 다른 이들에 비해 항렬이 아닌 직책이 더 높다.

모든 보의단원은 보의단주인 사마충의 아래에 위치한 셈이다.

이연과 이진 남매도 사실 항렬은 동등하지만 직책상으로는 보의단원보다 높다.

문주의 직전제자이며 이후 의선문을 물려받을 자들이기 때문이다.

물론 그렇다고 해도 이연과 이진은 보의단원들에게 하대를 하거나 무례하게 굴지 않았다.

이연과 이진은 스승을 존경하였고, 스승인 장호가 나이가 많은 이에게는 자신보다 직급이 낮더라도 공대를 한다는 것을 알고 있기 때문이다.

다만 의선문 총관 임진연만은 장호의 하대를 받고 있었는데 그것에는 이유가 있었다.

임진연은 애초에 적으로 만난 사람이고, 그때의 하대가 지금까지 이어진 것이다.

여하튼 그런 독특한 인연이 있는 이를 제외하면 장호는 장유유서의 도덕률을 따르고 있기 때문에 이연과 이진도 그렇게 하였다.

다만 보의단원은 모두 이연과 이진에게 반공대인 하오체로 말을 하는 데 반해서 사마충만은 이 둘에게 반말을 했다.

이유는 사마충이 이연과 이진의 무공 조교이기 때문이다.

무공 조교. 이것은 스승과는 개념이 조금 다르다.

무공을 지도한다기보다는 숙달시키는 역할이기 때문이다.

그리고 그런 사마충에게 문주인 장호가 명령을 하달했다.

실전 대련을 시켜라.

즉, 실전을 가르치라는 말.

물론 대련이므로 완전한 실전과 같다고는 할 수가 없다. 다만 실전을 간접적으로나마 가르치는 것이다.

이 차이는 무척 크다.

실전을 간접으로라도 경험하는 것과 아닌 것에는 하늘과 땅만큼의 차이가 있다.

그것은 막상 닥칠 실전에서 생사를 판가름하는 중요한 요소가 된다.

"어떤 점이 다른가요?"

이연과 이진은 나란히 사마충의 앞에 서 있다.

이연의 질문에 사마충이 외눈으로 바라보며 이야기를 시작했다.

"가장 다른 점은 바로 살의(殺意)지."

살의.

죽이고자 하는 의지를 말함이다.

대련은 우선 상대를 다치게는 할지언정 죽이려고 들지는

않는다.

그러나 실전에서는 다르다.

상대는 반드시 죽이려고 든다.

그러지 않으면 내가 죽으므로.

그것은 당연한 이야기지만 경험해 보지 못하면 제대로 깨닫기 어렵다.

물론 실전 대련이라고 해서 살의를 가질 수 있는 건 아니다.

하지만 최소한 상대를 죽이려고 시도하는 온갖 일을 미리 겪을 수는 있다.

"상대는 너희를 죽이려고 든다. 개중에는 아주 비겁하고 상상치도 못한 공격을 해오는 적도 있지. 그게 실전이다. 그걸 염두에 두고 있어라. 그리고 몇 번 싸우다 보면 익숙해질 거야."

"어서 시작해 주세요. 전 준비되었습니다."

이진이 앞으로 나섰다.

나이가 어릴 적 이연은 영리하고 활달했다.

반면 이진은 조용하고 조금은 굼떴다.

그런데 지금은 이진이 더 나서고 이연은 조용한 편에 속했다.

그것은 이진이 점차 이연보다 키가 더 커지고 자신이 가진 무공에 대해서 자신감을 가지면서 생겨난 현상이었다.

물론 단지 그것뿐만이 이유는 아니다.

누나를 지킨다.

이진은 그렇게 생각하고 있었다.

그건 장호의 교육 탓이기도 했다.

남자가 여자를 지켜야 한다는 그런 관념 때문이라고 할까?

그래서 이진이 먼저 나섰다.

특히 이진은 선천의선강기뿐만 아니라 금강철신공도 익히고 있는 중이다.

아직 도검불침을 이루지는 못했지만, 그 피부가 몹시 질겨서 어지간해서는 피부를 뚫고 근육까지 자르기는 어렵다.

게다가 선천의선강기를 운용하면서 금강철신공의 효율도 올라가서 화살도 박히지 않는 몸이 된다.

즉, 도검불침에 가까워진 셈이다.

스승인 장호는 이미 도검불침의 몸으로 막대한 선천의선강기의 힘으로 검기마저도 무시하는 수준에 이르렀다.

"좋아, 그러면 이리로 와라."

사마충이 말했다.

그는 우선 지름이 십 장 정도 되는 원 안으로 걸어 들어갔다.

그 안에 이진과 사마충이 나란히 섰다.

그리고 둘 다 목검을 들었다.

"이제부터 나는 너를 공격할 것이다. 네 몸에 목검이 맞는 순간, 그 부분은 부상을 당했다고 생각하면 된다. 시작하지."

사마충은 말이 끝남과 동시에 달려들었다.

갑작스러운 기습에 이진은 '헉!' 하고 놀랐고, 제대로 반응하지 못하고 목검을 들어 막다가 다섯 수 만에 팔을 격타당하고 말았다.

"기습을 하는 적도 많아. 너는 이미 한 번 죽은 것이다."

"윽!"

"정신 차려라. 실전이라고 했을 텐데?"

사마충은 뒤로 걸어가 거리를 벌렸다.

이번에는 이진이 먼저 덤벼들었다. 그리고 사마충과 어우러져 검을 휘둘러 공방을 주고받았다.

그러나 중간쯤에 사마충이 모래를 차 시야를 가리고 찌른 검에 당하고 말았다.

"이런 일도 실전에서는 얼마든지 일어난다."

"그, 그렇군요."

"그래, 상대를 죽이기 위한 것이다. 무조건 죽인다. 알겠지?"

"예, 알 것 같습니다."

"그럼 다시."

사마충은 이진과 반 시진이 넘게 대련을 하였다.

침을 뱉기도 하고 낭심을 차기도 했으며 흙을 뿌리기도 했다.

그것뿐만이 아니었다.

암기를 몰래 던지기도 하고 품에서 재빠르게 물통을 꺼내서 휘두르기도 했다.

"헉헉!"

"오늘은 여기까지. 너는 반 시진을 휴식하고 다른 보의단원과 실전 대련을 계속한다."

"이, 이렇게 지치는데……."

"지친 상황에서도 적들이 달려든다면? 네가 포위망에 갇혀 있다면? 추격을 받고 있다면? 잊지 마라. 세상에는 별의별 일이 다 일어날 수 있다. 네 누이를 잊지 마라. 네 가족을 잊지 마라. 네 동료를 잊지 마라. 네가 잊는 순간 그들은 죽을 것이다."

사마충의 말에 이진은 이를 악물고 고개를 끄덕였다.

"좋아."

사마충은 흐리게 미소를 지으며 이번에는 이연을 보았다.

"시작하지."

이연이 고개를 끄덕이고 다가섰다.

*   *   *

'애들은 잘하고 있으려나.'

장호는 그렇게 생각하면서 느긋하게 손을 뻗고 있었다.

현재 장호는 무공을 수련하는 중인데, 무공수련 중에 잡다한 생각을 할 정도로 여유가 있었다.

제갈세가에서 가져온 중면장, 그리고 환영신보.

이 두 가지는 정말 뛰어난 무공이었다.

중면장의 경우 장호에게 날개를 달아준 격의 무공으로 장호의 손바닥에는 만근의 거력이 실릴 정도였다.

게다가 중면장은 심류장과 같이 사용할 수 있다는 점이 가장 큰 특징이었다.

내공의 소모가 세 배로 늘어나기는 하지만, 중면장과 심류장을 중첩하여 사용하면 일격에 상대의 오장육부를 으깨어 절명시킬 수 있을 정도이다.

그야말로 어마어마한 위력.

게다가 장호의 내공도 이제는 크게 늘어나 있어서 이 정도 공격을 한다 해도 문제가 없었다.

아주 큰 회심의 카드를 얻은 셈.

내가중수법은 막는 것이 힘들다.

몸 내부는 내공을 두르는 것이 안 되기 때문이다.

거기다 그런 특별한 방어형 무공을 아는 무인은 강호에서도 드물었다.

대부분은 몸에 쌓이는 내공의 양이 많아지면서 생기는 저항력으로 견디는 편이기 때문이다.

하지만 중면장과 심류장을 같이 쓰면 금강불괴지신이 아니라면 그 내부를 완전 으깨 버릴 것이다.

즉, 일격필살이 가능하다.

그것도 전혀 의외의 수법으로.

그런데 중면장은 의외라고 할 정도로 쉬웠다.

그래서 장호는 이렇게 잡생각을 하면서 중면장을 수련하고 있는 것이다.

중면장뿐만이 아니다.

환영신보도 수련 중이다.

이것도 상당히 기가 막힌 무공으로 무공이 맞는지도 사실 의심스러웠다.

환영신보를 사용하면 그 주변으로 기의 운무가 피어오른다.

그리고 그 운무는 주변과 동화되면서 주변과 똑같은 색이 되어버린다.

즉 어둠 속에서 이 환영신보를 펼치면 절대로 발견할 수 없다.

물론 그뿐이 아니다.

이 환영신보의 운무는 소리나 기척도 없애주는 효과가 있었다.

완벽한 은신용 무공이었다.

"읏차."

장호는 수련을 끝냈다. 지금 시각은 자시(子時:오후 11시~오전 1시).

이미 사방이 고요하지만 장호로서는 이때가 바로 주력하는 수련 시간이다.

선천의선강기가 무려 삼 갑자 하고도 반 갑자에 이르고 있는 장호는 한 가지 능력을 얻었다.

바로 어마어마한 회복력.

예를 들어 손가락이 베이면 눈 몇 번 깜박일 사이에 스스로 피가 멎고 반 시진도 되지 않아 그 상처는 완전히 나아버린다.

그것은 비단 상처뿐만이 아니라 몸의 피로에도 해당되었다.

장호는 아예 잠을 자지 않아도 하루 열두 시진 동안 완전히 쌩쌩한 상태로 있을 수 있었다.

즉, 장호의 활동 시간이 다른 이의 두 배가 된다는 뜻이다.

잠을 잘 필요가 없고 따로 휴식을 취할 필요가 없기 때문이다.

피로가 누적되지 않는다는 것은 육체적인 수련에도 지치지 않는다는 의미이다.

장호는 가혹한 육체 수련을 계속해도 지치지 않았다.

어떤 의미에서는 초인이라고 할 수 있었다.

이 때문에 금강철신공은 대성하였고, 이제는 검기도 몸으로 버티어내는 경지에 이르렀다.

그래서 장호는 최근에 생육선의 경지가 실제로 존재할 수 있다는 생각이 들었다.

"음, 이 정도면 그래도 실전에서 큰 위력을 발휘하겠어."

그렇게 중얼거린 장호는 한쪽으로 걸어가 서적을 뒤적거렸다.

그 서적들은 최근에 새롭게 구입한 무공 비급이었다.

흑점은 참 편리한 단체였다.

돈만 있으면 적어도 상승 절학까지는 구할 수 있었다.

물론 버젓이 살아 있는 문파의 것은 거래가 불가능했다.

그건 흑점도 취급하지 않았다.

대신 명맥이 끊어진 문파의 무공과 이미 시중에 널리 알려진 무공은 거래가 가능했다.

여하튼 최근에 구한 무공은 상승 절학 중 하나인 암탄지공이라는 일종의 지법(指法)이었다.

지법이란 무엇인가?

바로 손가락을 사용하는 무공이다.

예를 들어 소림사의 금강지의 경우 손가락이 금강석만큼 단단해져서 금석을 두부처럼 꿰뚫는다고 한다.

지법에서 분화해서 발전한 것이 바로 조법(爪法)이다.

다섯 손가락을 마치 맹수의 손톱처럼 구부려서 사용한다고 해서 붙은 명칭인데, 지법을 수련하지 않고서는 조법을 수련할 수가 없었다.

그리고 그런 지법 중에는 탄지공(彈指功)이라는 게 있다.

이것은 기공술의 일종으로 손가락을 통해서 내기를 발출하는 무공이었다.

암탄지공(暗彈指功)은 바로 그런 탄지공 유의 무공인데, 그이름에서 알 수 있듯이 암습을 위해서 만들어진 것이었다.

소리도 기척도 없이 손가락을 통해서 상대를 격살할 수 있는 강력한 무음무형의 기운을 쏘아내는 것.

그 위력이 제법 강해서 적어도 십 장 이내라면 피부와 근육을 파고들어 뼈까지 부수는 위력을 가졌다.

이것 외에도 우탄공(雨彈功)이라고 명명된 암기술도 있었는데, 이것은 경지에 이르면 한 번에 서른 개의 쇠구슬을 비처럼 던져낸다는 무공이었다.

사실 비수도 그 부피가 제법 되어서 많이 가지고 다닐 수가 없다.

그러나 쇠구슬이라면 더 많은 양을 가지고 다닐 수 있지 않겠는가?

게다가 우탄공은 대량의 쇠구슬을 빠르게 던져내는 암기술이다.

속도가 어마어마하게 빠르기 때문에 소수로 다수를 상대하는 데 더더욱 특화되어 있다.

여기에 독까지 쓰면 어떨까?

급소에 명중하지 않아도 상대를 반드시 죽일 수 있으니 일거양득인 셈.

물론 이러한 개념은 장호가 먼저 생각한 것이 아니다. 사천당문이 이미 이런 방면으로 아주 유명했다.

"이건… 이렇게 하는 거로군."

상승 절학이니 비급을 보는 것으로 바로 익힐 수 있는 것이 아니다.

장호도 그렇기에 비급을 보면서 수련을 시작했다.

암탄지공과 우탄공.

이 두 가지 무공을 수련하기 위해서 이미 몇 가지 도구도 준비해 둔 상태이다.

쾅! 쾅! 쾅!

장호가 수련을 시작하자 연공실에 큰 폭음이 난무하기 시작했다.

그러기를 두 시진. 장호는 그제야 두 번째 무공수련을 끝냈다.

하지만 아직도 밖은 어두웠다.

장호는 이번에는 책을 꺼내 들었다.

그것은 방금 전 수련한 무공들의 비급이다.

그것을 처음부터 끝까지 다시 읽으면서 무공의 원리에 대해서 궁리했다.

그리고서 장호는 몇 번이나 고개를 끄덕인다.

무공의 오의를 조금이나마 알게 되었기 때문이다.

그리고 다시금 두 무공을 수련하고 최종적으로 내공을 수련함으로써 일단 새벽의 무공수련을 마치고 이윽고 오전의 업무가 시작되었다.

이제 장호는 선문의방의 일을 거의 돌보지 않게 되었기에 의선문의 문도들을 조련하고 개인적인 무공수련을 하는 데 대부분의 시간을 보낸다.

오전의 업무 시간이란 바로 단체 수련을 말한다.

장호는 오전에서 점심시간까지 하루 백 명의 무공을 점검하고 그들에게 더 나은 바를 지도해 주고 있었다.

보통 문주 정도 되면 이런 일은 하지 않는다.

그러나 장호는 선문의방의 일을 유병건에게, 의선문의 일을 임진연에게 일임함으로써 문파와 방파의 일을 거의 하지 않고 있었다.

그래서 이렇게 시간을 내서 문도들의 무공을 지도하는 일이 가능해진 것이다.

그리고 실제로 그 효과는 좋았다.

삼천오백여 명으로 늘어난 문도의 무위가 빠르게 상승하고 있었다.

또한 충성심도 높아졌다.

문주가 직접 무공을 지도한다는 것은 다른 강호 문파에서는 상상도 하기 어려운 일이기 때문이다.

여하튼 장호는 오전 업무를 위해서 이동했다.

"문주님께서 입장하신다!"

"충!"

백여 명의 문도가 이미 대기하고 있다가 장호를 향해 포권을 해 보였다.

"시작."

장호의 말과 동시에 문도들이 무공을 펼쳐 보였다.

장호는 그런 이들 사이를 돌아다니면서 자세를 지적하고 고칠 점을 말해주었다.

빠르고 확실하게 문도들은 강해지고 있었다.

"수고하셨습니다!"

"모두 무공에 더욱 정진하도록."

"예!"

"그리고 기본적인 의술 공부도 잊지 말도록. 시험을 쳐서 떨어지는 자는 감봉이다."

"예!"

의선문은 의술에 뿌리를 둔 문파이다.

그렇기에 문도는 전원 기본적인 의술을 배워야 했다.

그 기준은 일단 약초 백 가지를 외우고 구별할 줄 알아야 한다는 것과 전신 혈도를 전부 외워야 한다는 것이다.

이는 어렵다면 제법 어려운 일이다.

사실 이류나 삼류무인들은 전신의 혈도를 다 알지 못하는 경우가 많았으니까.

장호는 그렇게 점심 수련을 마치고 식당으로 향했다.

이제 식사를 할 시간이다. 잠은 자지 않아도 되지만 먹는 것은 제대로 먹어주어야 했다.

때문에 장호는 식사를 하러 갔다.

장호는 따로 먹지 않고 식당에서 문도들과 같이 식사를 했다.

물론 문주이니만큼 특권이 없는 것은 아니다.

다들 줄을 서서 기다려야 하지만 장호는 줄을 서지 않았다.

단지 그것뿐.

그렇게 점심을 먹은 장호는 다시 오후 업무를 보기 위해서 움직였다.

오후 업무는 별게 아니다.

선문의방에 들어온 부호나 고위 관리를 진찰하는 일이다.

이는 선문의방의 정치적인 영향력을 위해서 한 달에 몇 번 정도는 꼭 해야 하는 일이었다.

여하튼 장호는 서둘러 밖으로 나갈 채비를 했다.

오늘은 윤 장자와 지부대인인 고 대인을 만나야 했다.

장호는 서둘러 나서서 마차를 타고 움직였다.

수행원으로는 보의단원 몇 명이 동행했다. 그중에는 조수 연도 있었다.

"문주님, 이거 꼭 가야 해요?"

"가야지."

"지겨워서……. 그 돼지는 살이나 좀 빼지."

"살이 쪘다는 것은 덕이 있다는 증거라고 하지 않나."

실제로 세간에는 살이 찐 것을 덕이 있다고 했다.

못 먹고 사는 사람이 너무 많아서 그렇다.

"그렇긴 해도 그 돼지는 진짜……."

비검랑 조수연이 몸을 부르르 떤다. 그런 그녀를 보며 장호 는 피식 웃었다.

"조금 참아."

"네."

이렇게 부호와 권력자들을 상대하는 것 역시 강해지기 위한 방법 중 하나이다.

이대로 시간이 흐르면 의선문은 명문 대파보다도 더 거대한 세력을 이룰 수가 있을 것이다.

장호는 그렇게 생각하고 있었고, 실제로도 효과적이었다.

장호의 세력이 몹시 강성해지고 있음에도 부호나 이 산서 지역의 권력자들이 나서서 장호를 견제하지 않는 이유가 여기에 있었다.

장호는 그들의 건강을 쥐고 있었다.

돈 많은 거부들은 운동 부족으로 병을 앓고 있는 이가 태반이었다.

그런 이들에게 선천의선강기를 가지고 있으며 천하에서 다섯 손가락 안에 들어갈 만한 의술을 가진 장호는 그야말로 생명줄이나 다름없었다.

부자인 만큼 욕심이 많아서 이들은 모두 건강하게 살고 싶어 했다.

그러니 장호를 방해하거나 장호의 이권에 손을 대려는 이는 거의 없었다.

이미 그들 전부—대부분이 아닌 전부 다—가 장호의 손님이 된 지 오래이니 이것은 당연한 수순이었다..

그렇게 장호는 스스로도 강해지고 있었다.

그리고 또 다른 한편으로 다른 문파의 세력 역시 강성해지도록 수를 쓰고 있었다.

덕분에 장호는 거의 잠을 자지 않고 움직이고 있었지만, 그것은 아무도 모르는 일이다.

그리고 타인이 그 사실을 안다고 해도 상관없었다.

더 강해진다.

그리고 곧 도래할 황밀교의 침공을 막아내고, 그 이후의 미래를 손에 넣겠다.

장호가 원하는 것은 바로 그것이었다.

第六章

무공 수집

아는 게 힘이다.

옛 격언

"그래, 거기서 노름을 하고 있었나?"

하나의 서신.

그것은 장호가 하오문에 의뢰해 둔 것이다.

하오문만큼 일을 확실하게 하는 곳도 드물다.

개방의 정보력은 하오문보다 더 높지만 개방은 이용하는 것이 꽤나 까다롭다.

돈만 주면 어떤 정보든 가져다주는 하오문과는 체계가 다른 탓이며, 개방은 정파이면서 무림맹에 속해 있기 때문이기도 했다.

여하튼 하오문에서 보내온 것은 장호에게는 기쁜 소식이었다.

신문호.

그의 소재를 파악한 것이다.

그는 정사지간의 인물로 알려져 있었는데, 그것은 그가 상당히 괴짜이면서 자유분방한 인물이기 때문이었다.

그의 생활은 굉장히 문란했고, 주로 여성을 꾀어서 잠자리를 같이하는 난봉꾼으로 유명했다.

물론 강제적인 수단은 전혀 쓰지 않았다. 그 스스로의 언변과 행동으로 여성을 꾀었다.

그리고 그런 그의 행동은 문제가 아주 많았다.

이 시대에 여성의 정조는 아주 중요했기 때문이다.

별 재산이 없는 서민들이야 그런 것에 별 신경을 쓰지 않았지만, 조금이라도 세력이 있다 싶은 집안들은 체면을 엄청 중요시 여겼다.

그런데 신문호는 상대가 가난하든, 부자이든, 강호 문파이든 따지지 않았다.

그냥 미녀라고 생각되면 무조건 꾀었다.

그나마 가난한 여성들의 경우에는 신문호와 연애를 하다가 헤어져도 나쁠 게 없었다.

왜냐하면 신문호는 제법 능력이 있는 무인이었고, 가난한 여성의 경우에는 제법 재물을 안겨주었기 때문이다.

문제는 세도가, 혹은 강호 문파의 여식들이었다.

그들은 신문호와 연애를 하다가 깨어지게 되면 신문호를 잡아 죽이려고 들었다.

그야 당연했다.

정조를 중요시 여기는 문파나 세가인데, 그들의 여식과 놀아난 다음 다른 여자를 찾아 떠나는 이런 행태를 두고 볼 리 없었다.

그 정도 사건이면 충분히 신문호를 잡아 죽이려고 드는 것이 바로 강호인들이 아니던가?

다만 신문호의 무공이 고강하다는 게 문제였다.

절정의 경지에 도달한 그는 음양합생공이라는 무공을 익혀 경지보다도 더 높은 내공을 지니고 있었다.

그리고 그가 강제로 일을 치른 것도 아니라서 대놓고 신문호를 색마로 모는 것도 불가능하다는 것이 문제였다.

그런 여러 가지 문제점으로 인해 신문호는 요리조리 잡히지 않고 돌아다녔다.

그래서 그에게 붙은 별호가 바로 풍류공자이다.

그리고 그는 과거 장호의 세 명밖에 없는 친우이기도 했다.

그는 주로 정파의 영역보다는 자유롭다고 할 수 있는 사파의 영역에서 돌아다녔다.

광동, 광서, 절강 등이 주로 그의 영역이었고, 지금은 절강성 항주에서 노름을 하며 기녀들과 지낸다는 정보였다.

　"변한 게 없군그래."

　신문호와 만나게 된 것은 장호가 강호낭중 노릇을 하며 광동성에 갔을 때다.

　그 당시 장호는 정파와 사파의 경계를 넘나들며 살고 있었다.

　그때 장호는 신문호에게 목숨을 구함받은 적이 있는데 그게 계기가 되어 정력제를 선물해 주었다.

　뛸 듯이 기뻐하는 신문호와 친해지게 된 것은 그야말로 순식간이었다.

　그는 기괴한 사내였지만 우정이 뭔지 알았다.

　장호를 대신해서 죽었기 때문이다.

　이번 생에는 그 빚을 갚을 것이다.

　"어떻게 이 친구를 꼬드긴다. 흐음, 옳지, 옳아."

　신문호는 정처 없이 떠돌아다니는 것을 즐긴다.

　그것은 그의 방랑벽에 기인한 것이기도 하지만 그의 여성 편력 때문이기도 했다.

　장호는 그런 신문호를 절강에서 머나먼 산서까지 불러들일 방법을 생각해 냈다.

　노강환.

장호는 히죽 웃었다.

정력제는 문란한 생활을 즐기는 신문호에게는 보물만큼 귀하다.

현재 의선문의 정력제인 노강환은 산서성과 인근 지역에는 다 알려져 있다.

절강에는 아직 소식이 크게 번지지 않았을 것이다.

장호는 즉시 서신을 적었다.

슥슥.

─하오문 친전. 소문을 퍼뜨려 줄 것을 의뢰함.

장호는 글을 적어 내려갔다.

절강성에 의선문의 노강환에 대한 소문을 퍼뜨려 달라는 것이다.

특히 신문호 주변에 소식을 알리는 의뢰이다.

이 정도만 해도 신문호는 적어도 반년이나 일 년 안에 이 산서성을 찾아오게 될 것이다.

그러면 적당한 때에 신문호를 만나면 되겠지.

"가만, 지금은 그 친구가 내공이 그리 깊지 않겠군."

신문호는 나이 열넷에 음양합생공을 배운다.

사실 그 때문에 문란한 성격이 된 것이다.

그는 본래 기루에서 일하던 점소이였는데 꽤나 예쁘장하게 생겨서 기녀들과 자주 잠자리도 가지기도 했다.

음양합생공은 음양이기를 서로 나누고 순환시켜 내공을 얻는 상승절학이다.

그를 상대하는 여성도 효과를 보는 것이라 더더욱 인기가 많았다.

덕분에 나이 열여덟이 되었을 때에는 무려 이십 년의 공력을 얻게 되었고, 그때 그는 일하던 기루에서 나오게 된다.

신문호는 장호와 나이가 동갑이니 지금 그의 나이도 스물한 살.

지금쯤이면 공력이 적어도 사십 년은 되었을 것이다.

그는 스물넷에 일 갑자의 공력을 가지고 있었고, 스물여덟에는 이미 이 갑자에 달하는 내공을 가졌다.

절정의 경지임에도 어디서 안 죽은 것이 바로 그 공력 덕이니 그의 재산이라고 할 수 있었다.

"그래도 괜찮겠지. 그 친구가 생존 본능 하나만큼은 기가 막히니까."

장호는 그렇게 말하고는 서신을 마저 적었다. 그리고 시비를 불러 하오문에 전달하게 하였다.

이제 초이산만 찾으면 된다.

초이산.

그는 유생 출신의 강호인이다.

본래 그는 유서 깊은 학자 가문에서 태어났다.

그의 가문은 제법 강한 권력을 휘두르는 요직의 관료를 몇 명이나 배출한 권문세가였다.

그런 가문의 삼남으로 태어난 그가 가문을 등지고 강호인이 되어 세상을 떠돌게 된 배경에는 여러 가지 추악한 일이 있었다.

그는 어디에 있을까?

그가 집을 나서게 된 것이 열여덟 살 때이니 삼 년 전의 일이다.

지금은 초이산이 어디에 있는지 알 길이 없다.

그래도 그를 찾지 못할 것은 없었다.

장호는 다시 서신을 쓰기 위해 붓을 들었다.

하오문에 초이산의 행적을 찾으라고 의뢰하기 위해서이다.

그렇게 서신을 다 적고 난 뒤 장호는 다시 시비를 불렀다.

그리고 또다시 하오문에 전하라고 말해두었다.

두 번 일을 시킨 셈이지만 뭐 어떤가. 애초에 시비들은 그런 일을 하고 급여를 받는다.

그렇게 두 가지 일을 시킨 장호는 잠시 앉아서 생각했다.

초절정의 경지, 그리고 잡다한 여러 가지 무공을 익혀 어떤 상황에 처하더라도 헤쳐 나올 수 있게 준비하고 있다.

예를 들자면 벽호공.

이건 간단하게 말하자면 벽을 타는 무공이다.

이걸 익히면 정말 기가 막히게 벽을 타고 올라갈 수가 있다.

그리고 또 하나는 토행수.

이건 땅을 잘 파는 무공이다.

맨손으로 삽으로 파는 것보다도 더 땅을 잘 팔 수가 있다.

주로 땅을 파고 도망가거나 은신하기 위한 무공이다.

그리고 귀식대법에다가 일전에 익힌 중면장, 환영신보도 있다.

그뿐인가?

암탄지공, 우탄공을 익혀 근접전에서부터 원거리전까지 전부 대비했다.

독?

그건 선천의선강기가 알아서 막아준다.

선천의선강기의 독에 대한 저항력은 거의 천독 불침의 경지이기 때문이다.

어지간한 극독이라고 해도 소용이 없다. 그게 바로 선천의선강기의 대단한 점이었다.

여하튼 장호는 여러 가지 다양하고 잡다한 무공을 두루 섭

렵해서 언제 어떤 상황에 빠지더라도 안전하도록 해놓았다.

애초에 화경의 경지에 오르는 것은 꿈만 같은 일이기 때문에 내공을 계속 쌓아나가고 다양한 무공을 익히는 것을 목표로 한 장호다.

내공이 오 갑자만 되어도 의선문의 전설인 생육선이 도래할 거라고 생각한 탓이다.

지금도 검기 정도는 견디어내는 몸이다.

그리고 근력은 보통 사람의 거의 열 배에 달해서 맨손으로 잘 정련된 칼을 부러뜨릴 수 있다.

순수 근력만으로 말이다.

이 정도면 역발산기개세의 천하장사급의 괴력이라고 보아야 했다.

게다가 오감도 일반인의 열 배에 달한다.

반사적인 속도라든가 청각은 이미 짐승의 수준에 이르렀다.

그러니 장호는 내공을 꾸준히 늘려 생육선의 경지에 이르는 것이 화경의 경지에 오르는 것보다 더 빠르다고 내다본 것이다.

그렇다면 이제 내공수련에 집중하면 되나?

근접전, 원거리전, 그리고 독, 도주용 무공 모두 있다.

"아니지."

장호는 문득 한 가지가 부족하다는 것을 깨달았다.

바로 수공이다.

물론 물가에 갈 일이 그렇게 많은 것은 아니지만, 그렇다고 할지라도 대비해 두는 것이 좋았다.

"수공이라……."

장호는 자리에서 일어섰다.

흑점은 직접 찾아가지 않으면 거래를 하기 어려우니 어쩔 수 없었다.

*　　　*　　　*

"어서 오십시오, 장 문주님."

흑점 산서성 태원지부 지부장이 장호에게 깊이 읍을 했다.

흑점은 사실 황가의 소유이고 흑점주는 황녀이다.

그런 흑점주를 구한 것이 바로 장호.

물론 장호는 그 사실을 모른다. 하지만 흑점에서는 잘 알고 있다.

그래서 흑점지부장은 장호를 공손히 대하고 있었다.

이미 공문이 내려온 탓이다.

"오랜만입니다."

"별말씀을. 오늘은 어떤 것을 구하고자 오셨습니까?"

"쓸 만한 수공이 혹 있습니까?"

"수공 말씀이십니까?"

"예, 수공 말입니다. 물속에서 싸울 때가 있을까 하여 구비해 둘까 합니다."

"흠, 수공이라……. 현재 저희 지점에 있는 수공이라면 절정의 무공이 한 개, 그리고 그 이하로 다섯 개가 있습니다."

"역시 적군요?"

"아무래도 수공은 비주류의 무공이니까요."

흑점지부장의 말대로다. 수공이라는 건 그리 쓰임새가 많지 않았다.

게다가 수공을 만든 문파는 대개 역사가 짧은, 이른 바 족보 없는 문파가 대부분이었다.

이유는 별게 아니다.

수공을 필요로 하는 문파 대부분이 사파이기 때문이다. 해적이나 수적 같은 작자들이다.

그나마 해남파는 명문 정파로서 수공을 가지고 있지만, 그쪽은 꽤나 역사가 깊어서 그들의 무공을 배울 수는 없다.

그들은 아직도 건재하기 때문이다.

"일단 전부 주십시오."

"언제나 감사합니다."

"제가 더 감사하지요. 참, 혹시… 이건 구할 수 있습니까?"

막 비급을 가지러 가려던 지점장이 고개를 돌렸다.

"어떤 것 말씀이십니까?"

"오행신공. 소문만 무성한 무공입니다만……."

오행신공!

이는 오행지기를 끌어 모아서 무한한 내공을 만들어낸다고 알려진 전설의 무공이다. 신공절학으로 분류되지만 지금에 와서는 소문만 무성했다.

"일단 저희 지점에는 없습니다. 다른 지점에 문의를 해보거나 본점에 문의를 해보아야 할 것 같습니다만……."

"문의 좀 부탁드리겠습니다. 최근에 오행지기에 관심이 많거든요."

"알겠습니다. 다만 그렇다 할지라도 그 값이 어마어마할 겁니다."

"그 정도야 감수해야죠."

"예. 그럼 수소문을 해보겠습니다."

장호는 그에게 수공을 받아 들고는 밖으로 나왔다.

이제는 수공을 연습해야 한다.

*   *   *

수공을 연습하려면 일단 물이 있어야 한다.

그래서 장호는 깊이가 구 장에 이르는 거대한 구덩이를 파고 길이가 이십 장에 넓이가 오 장쯤 되는 직사각형의 수영장을 만드는 공사에 착수했다.

물은 근처의 강물을 끌어오기 위해서 물길을 내었다.

그렇게 끌어와서 채워진 물이 빠져나가는 물길을 또 만들어서 강물로 이었다.

즉, 이 수영장은 강물이 들어왔다가 나가는 순환 구조를 가진 셈이다.

그런 수영장을 만드는 데 걸린 시간은 대략 한 달.

그리고 한 달이 지난 후 장호는 본격적으로 수공을 수련하기 시작했다.

장호는 수공을 수련하면서 느낀 것이 제법 많았다.

몸의 움직임이라든가, 몸의 상관관계를 더욱 자세히 알게 된 것이다.

수중에서의 움직임은 육지와는 전혀 달랐기 때문이다.

그렇게 수련하기를 또다시 한 달.

장호는 거의 물고기에 버금가는 움직임을 갖게 되었다.

그렇게 장호의 무공 수집은 차근차근 진행되고 있었다.

第七章

빠른 세력 확장

지금부터가 진짜야. 알간, 모르간?

도발

"이것이 세력 확장을 위한 계획서입니다."

임진연.

그는 장호 앞에 지도를 펼쳐 놓고 주변을 바라보았다.

유병건, 사마충, 칠검도인.

그들이 지도를 내려다본다.

지도는 제법 크고 상세하였다.

산서성 전체 지도로 주요 도시와 산의 위치, 관도가 표시되어 있었다.

"저희는 현재 태원, 그리고 람현을 완전히 복속시킨 상태입니다. 여기서 복속이란 문파로서의 세력만이 아닌 경제적인 세력을 포함한 것입니다. 현재 태원에서는 저희 문파의 이름 아래 운영되는 사업체는 스물두 개입니다. 객잔, 포목점, 약방, 의방, 대장간, 곡물상 등이 있습니다."

임진연이 들어오고 나서 가장 먼저 한 것은 바로 세력을 정돈하는 것이었다.

막대하게 쌓은 금력으로 여러 가지 사업에 참여, 그 이권을 집어삼켰다.

특히 곡물 유통은 거의 다 집어삼킨 상황이다.

본래 의선문은 곡물 유통업, 의약업이 대표적인 사업이었다.

그 이후 장작 유통업, 그리고 중고 물품 거래업을 실시하였고 성공적이었다.

그 이후로도 임진연은 여러 가지 사업을 계속 벌이며 상인들까지 끌어들여 선문상단이라는 상단까지 조직하였다.

지금에 와서는 임진연의 말처럼 태원의 경제를 의선문이 한 손에 틀어쥐고 있다고 해도 과언이 아니었다.

그리고 람현은 이미 의선문이 없으면 살아갈 수 없는 도시가 되었다.

의선문은 산서성 전역으로 세력이 뻗어 나가고 있었다.

그 일환으로 우선 선문의방의 지점을 만들었다.

의원을 다수 포섭하여 그들을 고용, 선문의방을 만든 것이다.

람현 외에도 이미 태원을 포함한 대도시에 네 곳, 열두 개의 중도시, 일곱 개의 소도시에 선문의방이 들어섰다.

이 산서성에는 대도시가 네 개, 중도시가 스물다섯 개, 소도시가 마흔다섯 개나 있다.

그 외에 도시가 아닌 마을은 수백여 개나 된다.

대도시에는 무조건 선문의방이 들어섰으며, 중도시에는 절반이나 선문의방이 들어갔다.

일 년만 지나면 모든 중도시에 선문의방이 들어갈 터였다.

소도시는 그다음이다.

왜 이런 순서일까?

이유는 돈.

선문의방은 한두 명의 의원이 일하는 곳이 아니다.

지점이라고 할지라도 의원이 적게는 열 명, 많게는 사십 명이 일하는 대형 의방이다.

대도시에는 이미 의원 사십여 명에서 육십여 명으로 이루어진 선문의방이 들어섰고, 중도시에는 열 명에서 스무 명 정도의 의원으로 이루어진 의방을 설립했다.

그리고 대도시와 중도시에는 확실하게 이익이 났다.

그러나 소도시는 이익이 나오기까지 꽤 오랜 시간이 걸

렸다.

사람 수가 적기 때문이다.

선문의방은 치료는 값싸게 해준다.

때문에 그것에서 큰 이익이 나는 것이 아니었다.

선문의방은 약을 팔아서 돈을 벌었다.

대표적으로는 정력제인 노강환이 있는데, 그것 외에도 건강 증진을 위한 여러 가지 약을 팔았다.

이 약들은 사실 병을 치료하는 것이 아닌 건강을 지키는 약이다.

일종의 사치품이라고 볼 수 있었다.

그리고 가격도 비쌌다.

사치품이니까.

그런데도 어마어마하게 팔려 나갔고, 선문의방에 큰 이익을 안겨주었다.

선문의방의 의술은 이 산서성에서 대적할 자가 없었기 때문이다.

그러나 대도시와 중도시는 그게 통해도 소도시는 그리 크게 이익이 안 났다.

소도시의 인구가 적으니 약이 생각만큼 많이 팔리지 않았기 때문이다.

그래서 소도시에 선문의방이 진출하는 것이 가장 마지막

일 수밖에 없었다.

물론 이 계획서는 임진연의 머리에서 나왔다.

그리고 실행되고 불과 일 년 만에 의선문의 세력을 몹시 크고 강성하게 만들어주었다.

천하에는 사연 많은 의원이 많았다.

의술을 배워놓고도 제대로 의원 생활을 하지 못하는 이가 꽤 되었다.

그들의 수가 천하 전체를 채울 정도로 많은 것은 아니지만, 적어도 산서성을 채울 정도는 되었다.

그런 이들을 하오문을 통해서 찾아내고 끌어 모아서 이렇게 세력을 확장한 것이다.

그것은 물론 넘쳐나는 돈 덕분에 가능한 일이었다.

지금에 와서는 그를 통해 막강한 세력을 만들 수 있었다.

이제 산서성에서 의선문을 상대할 수 있는 집단은 아예 존재치 않았다.

무인의 수만 삼천오백 명에 달하는 거대 방파가 되었으니 명문 대파가 없는 산서성에서 적수가 없음은 당연했다.

본래는 타 지역의 명문 대파들이 이권을 얻기 위해서 진입해 올 것을 걱정했었다.

그런데 그들이 진입해 들어오기도 전에 이미 세력을 확장하였으니 이제는 그리 걱정할 것이 없었다.

물론 이 배경 중 하나로 제갈세가의 원조가 있었음도 기억하고 있는 장호이다.

제갈세가가 천하에 공표한 내용이 없었다면 다른 지역의 문파들을 주춤하게 만들지는 못했을 테니까.

그리고 그 틈을 타 이렇게 커버렸다.

임진연의 솜씨였고, 그런 임진연을 도운 유병건의 솜씨였다.

유병건은 새로운 사업을 구상하거나 일을 빠르게 추진하지는 못했다.

그러나 임진연 일을 가져오면 그걸 아주 깔끔하게 처리했다.

그런 일 처리 솜씨는 임진연보다는 한 수 위.

그래서 두 사람이 서로의 장단점을 잘 보완하면서 일하고 있는 셈이다.

여하튼 선문의방에는 의원 수만 해도 무려 천여 명에 가깝게 포진해 있는 상태였고, 그런 천여 명의 의원에게 공급하기 위한 의서를 매일 찍어내는 중이다.

목판인쇄술은 수백여 년 전인 당나라 시대에 개발된 것으로 지금에 와서 널리 쓰이고 있었다.

유학자들은 서필의 미학을 위해서 숙련된 서필가가 대필하는 것을 선호하지만, 공문 같은 것을 대량으로 만들어 사람들에게 배포할 적에는 목판인쇄를 했다.

장호는 사들인 의서를 목판인쇄로 대량 복사하여 의원들에게 나누어 주었다.

의학이란 스스로 공부하지 않으면 뒤떨어진다.

때문에 선문의방은 최소한 의서는 무조건적으로 공급해 주고 있었다.

그리고 임진연의 운영 계획에 따라 의원들은 시험을 치렀다.

그리하여 의원들을 금의, 은의, 철의, 동의 네 개의 등급으로 나누었다.

금의가 가장 높은 대우와 월급을 받고, 동의가 가장 적은 월급과 낮은 대우를 받았다.

이는 무조건 시험을 통과해야만 하는 것으로 현재 금의는 방주인 장호를 비롯해서 딱 세 명밖에 없는 실정이다.

의서는 무한하게 공급한다.

치료 기록도 무한하게 공유한다.

스스로 공부해서 스스로 올라서라.

그게 선문의방의 새로운 체계였던 것이다.

사람 수가 많아지면서 그렇게 체계를 세웠고, 지금까지는 선문의방을 고속으로 성장시키는 원동력으로 작용하고 있었다.

"그리고 이 산서성의 주요 도시 중 절반에 저희 선문의방이 자리하고 있으며, 그 선문의방을 지키기 위해서 저희 문파의 문도들도 파견 나가 있는 상황입니다. 그 수는 약 일천여 명."

삼천오백 명의 문도 중 일천여 명이 외부로 나가 있다. 그들은 각지의 선문의방을 보호하는 임무를 맡고 있었다.

여기서 혹자는 어째서 그렇게 적은 수가 파견 나가 있는 것인지 의문을 품을 것이다.

그것에는 이유가 있었다.

파견된 이들은 선외단 일부와 삼당 일부.

그리고 그들은 현지에서 다시금 외부의 수준 낮은 낭인무사, 혹은 일반인을 고용했다.

그것도 대량으로 고용해 그들에게 방패검술과 창술을 가르치면서 군대와 같은 집단 훈련을 시켰다.

각 지점마다 최소 백여 명에서 많게는 삼백 명에 이르는 사병 조직이 생겨난 셈이다.

파견된 일천의 무인은 그렇게 사병 조직을 만들어 선문의방을 보호하는데, 이미 그렇게 만들어진 조직원의 숫자가 이천여 명에 달했다.

즉, 삼천오백 명의 문도 외에 이천여 명의 병사가 추가로 존재하고 있는 셈이다.

전원 방패와 창, 그리고 검으로 무장한 자들이다.

물론 생긴 지 얼마 되지는 않았지만 고강도의 훈련으로 제법 쓸 만한 상태이긴 했다.

그들의 숫자가 많고, 방패술과 창술은 수가 많을수록 뛰어난 위력을 발휘하므로 적어도 이류무인 정도는 압도적인 군율과 숫자로 그대로 섬멸이 가능했다.

실제로 이랑이라는 소도시에 약탈을 하러 온 산적 이백여 명을 선외단원 다섯 명과 삼당의 무인 열 명이 사병 조직원 백 명과 함께 단번에 섬멸해 버리는 사건이 있었다.

"그리고 그들이 주변 민간인, 혹은 삼류 낭인들을 규합하여 만든 조직인 선문방패대의 숫자가 이제 이천입니다. 현재 총합 삼천여 명이 각지의 지점들을 보호하고 있는 중이죠."

"그거 괄목할 만한 성과로군."

"칭찬받아 마땅하다고 생각하오."

칠검도인과 사마충의 말에 모두가 고개를 끄덕이며 동의했다.

"수고했소, 유 총관. 그리고 임 총관."

"과찬이십니다."

임진연과 유병건은 가볍게 읍을 하였다.

"현재 저희는 산서제일의 문파이며, 동시에 중원 최대 의 방이라고 할 수 있습니다. 그리고 매달 순이익은 금 오만 냥으로 줄어들었습니다만, 본 문이 매달 유통시키는 금은 삼십오만 냥에 달하고 있습니다."

삼십오만 냥.

그야말로 어마어마한 돈이다.

그런 엄청난 양의 돈이 의선문을 통해서 돌고 있다는 것은 큰 의미가 있었다.

"축적한 자금은 얼마지?"

"금 이십오만 냥을 축적한 상태입니다."

"꽤 많군. 그럼 요약 보고는 여기까지인가?"

"예."

"현재 상황을 다들 알겠습니까?"

좌중을 둘러보며 장호가 말을 높이자 모두가 장호의 말에 집중하기 시작했다.

"현재 금자 이십오만 냥을 보유하고 있다고는 하지만 이걸 그대로 쌓아두는 것보다는 새로운 사업을 시작하는 것이 더 낫다고 생각합니다. 하지만 그것과 별개로 저는 문파의 내실을 키우기 위한 준비에 들어가야 한다고 봅니다. 즉 문도 수를 더 늘이고 싶습니다."

"음······."

다들 긴장한 기색이 역력하다.

지금도 엄청난 숫자의 문도를 거느리고 있다.

삼천오백여 명이라면 명문 대파도 이루기 어려운 수준의 숫자다.

그들의 문도 수도 거의 이천여 명에서 삼천여 명 정도이기 때문이다.

물론 그 이유는 돈에 있다.

무인이라는 것이 키우려면 돈이 얼마나 많이 드는가?

의선문처럼 돈을 쏟아붓는 문파는 거의 없었다.

그렇다고 해도 기본적으로 명문 대파에서는 꽤 많은 돈을 쓴다.

그리고 그들 대부분은 사업적인 수완이 그렇게 좋지가 않았다.

장호처럼 이렇게 급격하게 부호가 되는 경우는 거의 없었다.

"본 문은 역사가 깊으나 일인전승으로 그 맥을 이어온 문파입니다. 본 문의 비전을 여기 계신 분들 모두가 익히고 있으니 아시겠지만 본 문의 비전은 그 진전 속도가 무척이나 더디지요. 지금 비록 본 문에 속한 문도 수가 많다 하지만 그 알맹이만 놓고 본다면 명문 대파에 비해 미흡한 것이 사실이지 않습니까? 그래서 저는 생각을 바꾸어보기로 했습니다. 수를 더 많이 늘이는 것이죠. 적어도 일만. 어떻습니까?"

모두가 경악해서 두 눈을 부릅떴다.

"일, 일만이라고 하셨습니까?"

유 총관이 너무나 경악스러운 말에 놀랐다.

"그렇습니다. 제가 듣기로 보통 군대는 인구의 일 푼에서 오 푼까지 유지하는 것이 보통이라고 하더군요. 본 문에 속해 일하면서 살아가는 이의 수가 이제 오십만 명 정도 되든가요? 오십만 명의 이 푼이면… 일만 정도는 유지할 수 있지 않겠습니까?"

"하, 하지만 문주님, 이 푼 정도의 군대를 유지하기 위해서 들어가는 돈이 만만치가 않습니다. 물론 본 문에 속한 이의 수가 오십만 명이 넘고 그 순수익이 다른 문파와는 비교도 안 되게 벌어들이고 있긴 합니다만, 그만큼 문도들을 유지하기 위한 돈도 많이 들어가지 않습니까? 특히 내공 증진 보조제가 가장 크게 들어가는 항목입니다."

문도들의 월급도 월급이지만 사실 그들에게 지급되는 내공 증진 보조제가 월급 보다 더 많이 들어갔다.

유병건은 그를 지적한 것이다.

"알고 있습니다. 그러니 사업을 병행해야겠죠."

"사업을 병행한다고 하시면……?"

"현재 산서성의 표국 중 절반은 일전 녹림도와의 일 때문에 궤멸되거나 사라졌습니다. 표국 사업을 시작하죠. 그리고 그를 빌미로 문도 수를 더 늘이는 겁니다. 그리고 동시에 땅을 계속 구입하세요. 적어도 소작농을 비롯해 본 문에서 일하는 사람의 수를 백만 명까지는 늘여야 합니다."

"그, 그렇게 많이 모아야 한단 말씀이십니까?"

"일만의 무인을 양성하려면 그 정도는 되어야겠죠. 임 총관, 안 그런가?"

임진연에게만 말을 놓는 장호의 모습은 전혀 이상한 일이 아니다.

다만 질문을 받은 임진연은 곰곰이 생각에 잠겼다.

그러다가 답을 했다.

"맞습니다, 문주님. 지금 같은 수준으로 문도들을 지원하면서 세력을 키우려면 적어도 백만 명의 소작농이나 직원이 있어야 합니다. 즉 문파의 세력 역시 더 커져야 한다는 것이죠."

"그렇지."

"그런데 문주님, 정말 일만 명의 무인을 부리실 생각이십니까?"

"그럴 생각이야. 그리고 그들 모두에게 내공 증진 보조제도 지급할 것이고."

"으음. 어마어마한 사업이겠군요. 다만… 성공한다면……."

"강호제일문파가 될 수 있다는 말씀이군요.

"예, 그렇습니다."

한 손이 열 손을 못 당한다는 말이 있다.

이렇게 어마어마한 숫자가 모이게 된다면 이 중에서 초절 정고수가 나오지 말라는 법이 없다.

절정고수는 당연히 나온다.

절정고수가 된다는 것은 그렇게까지 어려운 일이 아니니 까.

절정고수 수가 백여 명만 되어도 강호에서 의선문과 분쟁 을 일으키려는 문파는 거의 없을 터이다.

"비록 저 자신이 천하제일고수가 될 수는 없다지만 세력이 커질 수는 있습니다. 그리고 그 결과 저는 본 문의 뜻을 세상 에 펼쳐 보일 수 있게 되겠지요."

사람을 구하라.

의선문의 문규다.

"자, 그럼 어떻게 해야 하겠습니까? 임 총관, 좋은 생각 있 습니까?"

"표국은 좋은 생각이십니다. 하지만… 그것만으로는 돈을 더 벌어들이기 어렵지요. 다른 방법이 필요하긴 합니다. 그리 고 가장 크게 돈이 되는 일 중 하나가 바로 군납과 염권이지 요."

군납은 군에 물건을 납품하는 일이고, 염권은 소금을 취급할 수 있는 권한이다.

산서성은 내륙이어서 바다에서 들여오는 비싼 소금을 사 먹는다.

그래서 소금 가격이 상당히 비싼데, 이 소금에는 세금이 어 마어마하게 붙어 있다.

그런 소금을 전매하는 권한을 가지게 된다면 무시무시한 부를 축적할 수 있다.

명 제국이 유지하고 있는 군병의 숫자는 거의 팔십만 명이 넘어간다.

그중 산서성에 속한 병력의 숫자는 십만 명 정도, 그리고 산서성 밖 국경에 주둔중인 군대가 또다시 십만 명.

도합 이십만 명 정도의 군병에게 들어가는 많은 물건이 이 산서성을 통한다.

그러다 보니 군납만 가능하다면 그것만으로도 큰돈이 되 는 것이다.

"그 외에는 없습니까?"

"광산업이 있습니다."

"광산업이라……."

광산업.

말 그대로 광산을 찾아내거나 이미 캐고 있는 광산을 매입 하는 일을 말한다.

어떤 금속이 되었든지 간에 광산 하나 캐내면 알부자가 되는 것은 순식간이다.

물론 광산을 개발할 능력이 있어야 가능한 일이긴 했다.

산서성은 산맥이 많아서 질 좋은 철을 생산하는 광산이 여럿 있었다.

그런 철광이 아니더라도 동광만 있어도 돈을 크게 번다.

"우선 염권과 군납을 먼저 해보도록 하죠. 그쪽은 임 총관이 맡아서 계획을 세우도록 하고, 하오문을 통해 정보를 모으고 적절한 방법을 세워 내가 직접 나서서 압력을 행사하는 쪽이 좋겠지."

"그리하겠습니다."

"유 총관."

"예, 문주님."

"그대는 광산 쪽을 알아봐 주세요. 이쪽은 어차피 준비 기간이 오래 걸리니 유 총관이 해주셨으면 합니다."

"예, 문주님."

"보의단주, 선외단주."

"예."

"예."

"두 분은 체계적인 수련 계획서를 만들어주시기 바랍니다. 삼당을 더 확대하고 선문방패대를 더 확실한 조직 형태로 만드는 방법도 필요합니다."

"논의하여 처리하겠습니다."

"좋습니다. 본 문은 문을 연 지 불과 몇 년 만에 이렇게 거대해졌습니다. 앞으로도 많은 일을 해야 하니 모두 힘을 내주시기 바랍니다."

"예!"

모두가 우렁차게 대답하였고, 의선문의 간부회의는 그것으로 끝이 났다.

그렇게 비교적 외부의 시선을 끌지 않으면서 고속 성장한 의선문은 갑자기 어마어마한 세력으로 등장하게 된다.

第八章

많으면 많을수록 좋아

다다익선(多多益善)이라는 말이 있다.

많으면 많을수록 좋다는 뜻이다.

그것은 대부분의 일에서는 옳다.

돈도 그렇고 시간도 그렇고.

대부분은 많을수록 좋으니까.

평범한 격언

"선천의선강기가 확실히 대단하긴 한데… 뭔가 부족하단 말이야."

장호는 자신의 몸을 내려다보았다.

절정무공인 금강철신공은 대성할 경우 도검이 불침하고 검기에 저항한다.

완전히 견디는 건 아니고 저항할 수 있다는 것인데, 이는 질기고 튼튼한 가죽 갑옷을 입고 검을 맞는 것과 비슷하다고 보면 된다.

그런데 선천의선강기가 삼 갑자를 넘어서고 내단까지 이

루게 되면서 금강철신공 스스로 진화해 버렸다.

이제는 검기를 무시할 수 있는 상황으로, 그 위 단계인 검강이라고 해도 어느 정도는 저항이 가능할 것으로 보였다.

맷집만으로는 가히 천하에서 다섯 손가락 안에 들 수 있는 것이다.

"음, 이제는 철퇴로 두드려 맞아도 아프지가 않으니 원."

장호는 주변에 널브러진 철퇴를 바라보았다.

장호의 사방에는 약간 기괴하게 생긴 장치들이 있었는데, 이는 금강철신공을 수련하기 위해서 장호가 기관 장치를 만들 줄 아는 장인들을 초빙해 만든 것이다.

건물 옆에 설치된 물레방아와 연결하면 빙글빙글 돌아가면서 철퇴를 휘두른다.

물론 철퇴 외에도 여러 가지 무기를 매달 수가 있었다.

장호는 금강철신공을 대성했지만, 그 이상으로 나아갈 방법이 없을까 하고 수련하는 중이다.

이제 하수들은 떼로 덤벼도 장호의 상대가 안 되지만, 더 강력한 방어력을 가졌으면 하기 때문이다.

강기.

그것에도 견디어내는 몸.

그걸 이룬다면 화경의 경지에 이르지 못한다 해도 화경의 절대고수들을 이길 수 있으리라.

화경에 이른 이들은 기운을 다루는 능력이 다른 이들과는 차원을 달리한다.

이는 장호가 전생에 화경의 절대고수들과 몇 번 대적해 본 적이 있기에 잘 알고 있다.

즉, 화경의 절대고수가 되기 위한 조건이 바로 초월적인 기공 능력인 것이다.

그러나 그렇게 되기 위해서는 깨달음이 필요하고, 이를 달성하기란 요원한 일이다.

그렇다면 차선책이 있다.

기공의 발전을 이룩하지 않아도 그들의 기공을 견디면 되는 것이다.

금강불괴지신을 이룩하면 강기를 만들어내지 못해도 강기를 사용하는 자들과 대적이 가능하다.

게다가 장호의 몸은 이미 보통 인간을 초월했다.

곰의 근력, 말의 지구력, 매의 눈, 개의 후각, 토끼의 청각.

그야말로 짐승보다도 더 뛰어난 육체가 아닌가?

거기에 막대한 내공이 있으니, 여기에 금강불괴지신의 경지가 더해진다면 화경의 절대고수라고 해도 꺾을 자신이 있다.

"상승 절학만 가지고는 안 돼. 적어도 신공절학급 외공, 그게 있으면 도움이 되겠는데……."

신공절학이라고 해도 화경에 오르는 것은 무척이나 어렵다.

그러나 신공절학급의 외공들은 깨달음이 없어도 고련만 한다면 제법 근사한 경지에 오른다.

이는 강호에 널리 알려진 상식 중 하나이다.

물론 지자(知者)들에게 통용되는 상식이긴 하지만.

"신공절학, 외공, 외공, 외공… 가만, 그러고 보니 그게 있었지?"

장호는 한 가지 생각을 번뜩 떠올렸다.

이제 장호의 나이가 스물하나로 앞으로 황밀교가 발호하기까지는 십 년의 세월이 남았다.

장호는 그사이에 등장하는 한 가지 마공절학에 대해서 생각해 냈다.

그것은 마혈신외공이라고 이름 붙은 마공으로 익힌 이 대부분이 주화입마에 걸려서 죽고 마는 극악한 마공이었다.

그런데 그 마혈신외공을 익힌 이가 나온다. 그는 그 덕분에 강호에 명성을 드높이게 된다.

마공을 익히긴 했지만 그는 마인은 아니었다.

다만 황밀교에 복수하기 위해서 그 무공을 익혔으며, 많은 황밀교도를 죽였다.

금강마협.

그게 그의 별호였다.

"마혈신외공. 분명 흑점에도 있었지?"

마혈신외공은 꽤나 오래전의 마공절학으로 등급은 사실상 상승절학이다.

그런데 금강마협이 등장한 이후 신공절학이라고 알려졌다.

왜 상승절학이냐면 익히다가 주화입마를 당하기 때문이다.

어떻게 익히는지는 사실 알려지지 않았다.

"그렇다면 그걸 바로 구하고… 아!"

장호는 나지막이 탄성을 내질렀다.

화경의 절대고수를 상대하기 위해서 신공절학급 외공을 익힌다.

그것을 생각하다가 또 다른 어떤 생각이 떠오른 것이다.

"화경에 오를 이를 먼저 찾아내서 죽이면 될 것이 아닌가?"

황밀교에는 화경의 절대고수가 몇 명 있었다.

그리고 그중 두 명은 지금 소재를 알고 있다.

왜냐하면 이 두 명은 본래 황밀교 소속은 아니었으나 이후에 황밀교에 가담하는 이들이기 때문이다.

어디 있는지 정확히는 모른다. 그러나 그들의 이름은 알고 있다.

절마 임군혁, 괴마 혁진웅.

장호는 우선 서신을 적어 흑점에 사람을 보냈다.

마혈신외공의 비급을 구하기 위해서였다.

*   *   *

마혈신외공.

그것은 바로 다음 날 배달되어 왔다. 어차피 복사한 것이라서 서책은 새것이었다.

그 내용을 천천히 들여다보던 장호는 고개를 끄덕였다.

왜 익힌 사람들이 주화입마에 걸렸는지 알 것 같았기 때문이다.

"이게 사람이 익히라고 만든 무공이 맞아?"

마혈신외공의 요체는 이러했다.

어마어마한 독액(毒液)을 마시지 않고 몸으로 직접 흡수하여 익힌다.

마혈신외공(魔血身外功)의 마혈이 바로 이런 의미다.

몸 안의 피를 마혈로 바꾸어야 이룩할 수 있다는 것이다.

어찌 보면 독공 같아 보이지만 독공은 아니다.

독액의 정기를 신체로 흡수하여 금강불괴지신을 이루는

것이기 때문이다.

물론 기본 요체가 이렇다는 것이고, 이를 수련하면서 매우 복잡한 경로로 내기를 움직여 전신을 자극하기까지 해야 했다.

그를 통해서 얻게 되는 고통은 상상 이상.

그런데 고통에 정신이 흐트러져 내기의 움직임이 어그러지는 순간 주화입마에 빠져들게 되는 것이다.

가히 하늘에 닿는 강인한 인내력이 없다면 익힐 수가 없는 무공이었고, 마공이라고 하는 이유였다.

게다가 수련이 깊어지면 육체의 모든 부분을 직접적으로 제어가 가능한 경지에 이른다고 하는데, 이는 조금 허황한 느낌이 들었다.

장호는 이게 가능한가 싶었다.

왜냐하면 십성에 도달하면서부터 마혈신외공은 육체를 자유자재로 변형이 가능하다고 했기 때문이다.

예를 들어 몸에 비늘을 만드는 것도 가능하고 잘린 손가락도 재생이 가능하다고 한다.

신공절학은 그런 공능이 있는 건가?

장호는 아무리 생각해도 알 수가 없었다.

하지만 확실히 선천의선강기도 신묘한 공능이 있는 바, 신공절학으로 재평가된 마혈신외공도 그럴 수 있었다.

우선은 이걸 익히는 게 문제였다.

그리고 이걸 익히려면 어지간한 독 가지고는 안 된다는 것도 알고 있다.

초오독뿐만 아니라 감자의 독만 모아도 맹독이 된다.

그뿐이 아니다.

여러 가지 지독한 독을 많이 알고 있는 장호이다.

그러나 마혈신외공의 입문을 위해서는 그보다도 더한 독이 필요했다.

적어도 독력이 강호 구대금독 중 하나는 되어야 했다.

그리고 그 양도 많아 적어도 몸을 전부 담글 수 있는 큰 항아리에 가득 찰 정도는 있어야 했다.

이래서 이걸 익히는 자가 없었구나 싶었다.

장호는 잠시 생각하다가 마혈신외공을 익히기 적당한 곳을 기억해 냈다.

바로 운남이다.

장호는 전생에 운남에 절대독지라는 금지가 있다는 것을 들은 바가 있다.

운남의 깊은 곳에 위치한 애뇌산.

그곳에서도 더 깊이 들어가면 독으로 가득 찬 늪지대가 나오는데, 그 중심부에는 숨만 들이켜도 바로 즉사하는 무서운 독이 가득 차 있다고 했다.

그 정도면 되겠군.

물론 돈을 들이면 극독을 못 만들 것도 없다.

장호의 의술은 대단히 높고, 독을 만들자면 그리 어려운 일도 아니다.

다만 장호가 보기에 마혈신외공을 사성까지 높이는 데 들어가야 하는 독의 양이 엄청나다는 게 문제다.

적어도 금 삼만 냥은 들여야 겨우 사성에 이를 것이다.

그리고 사성에서 오성으로 오르기 위해서는 더 많은 독이 필요하다.

아예 독으로 가득 찬 운남의 금지가 아니라면 마음 편하게 수행을 하기 어려울 것이다.

물론 지금 의선문은 그 정도의 돈을 감당할 수는 있지만, 그렇게 되면 장호가 세운 계획에서 벗어나게 된다.

바로 산서성을 완전히 손에 넣는 계획 말이다.

백만 명의 직원을 두고 그들에게서 얻는 부를 이용하여 일만의 무인을 양성한다.

전원 일류무사로 만들 것이며, 그중 일 할에서 이 할은 절정무사로 성장하리라.

앞으로 구 년 남았다.

장호의 나인 서른 즈음에 황밀교가 본격적으로 발호하니 그 안에 일만의 무인을 양성한다면 그들과 대적할 수 있으리라.

이런 면에서 장호의 생각은 확실히 남달랐다.

보통이라면 정파인들의 연합체인 무림맹을 이용하거나 황실의 조력을 얻으려고 할 것이다.

그러나 장호는 스스로 세력을 키워 황밀교를 처단할 생각이니 확실히 남다르다고 할 수 있었다.

그러나 그것과 별개로 장호 스스로도 화경의 절대고수들을 상대할 수 있는 힘이 있어야 했다.

그러지 않는다면 마치 사상누각처럼 한 번에 의선문이 무너질 수가 있었다.

화경의 절대고수를 상대하려면 초절정의 고수가 적어도 다섯은 있어야 겨우 평수를 이룬다.

초절정의 고수쯤 되면 내력이 적어도 일 갑자가 넘는 경우가 대다수.

화경의 절대고수라면 적어도 내공이 이 갑자이니 다섯이 아닌 두 명의 초절정고수가 감당해야 정상이다.

그러나 경지가 높다는 것은 내공의 양을 뛰어넘는 묘용이 있었다.

그래서 초절정의 고수 다섯이 하나의 화경을 상대한다고 한 것이다.

물론 이것은 강호에 널리 알려진 상식 중 하나로써 정확한 것은 아니다.

강호십대고수라고 알려진 이 대부분이 화경에 이르렀지만, 이들은 초절정고수 열 명이 덤벼야 겨우 막아내는 정도라고 알려져 있기 때문이다.

즉, 화경에도 급의 차이가 있음이다.

그런 화경의 절대고수와 동등해지려면 별다른 깨달음이 필요 없이도 강해질 수 있는 외공이 적격.

장호는 즉시 계획을 실행에 옮기기로 했다.

"어쨌든 운남에 다녀와야겠군. 그동안 본 문엔 별일 없으려나."

장호는 의선문의 현 상황을 한번 점검해 보았다.

그리고 자신이 꽤 오래 떠나 있어도 괜찮을 것이라고 생각했다.

물론 안전장치는 해두어야 한다.

"우선 제갈세가에 서신을 보내고……."

장호는 즉시 서신을 작성했다.

제갈세가에 공물로 금 오천 냥과 선천단 스무 개를 보내면서 서신을 같이 보내는 것이다.

이에는 선외단주 칠검도인과 선외단원 오백 명을 같이 보내기로 했다.

이 정도면 중소 규모 문파 정도는 단번에 박살 낼 수 있는 강력한 전력이다.

그러나 보내는 선물이 귀중하니 어쩔 수 없었다.

금자 오천 냥도 큰 선물이지만 선천단 스무 개는 현재 시중에서 금자 오백 냥에 거래되는 엄청난 물건이기 때문이다.

먹고 운기조식을 잘 하면 반년의 내공을 즉시 얻게 되는 준영약으로 이미 강호의 거대 방파들은 알고 있는 단약이다.

이걸 스무 개나 준다는 건 십 년의 내공을 거저 준다는 것과 같다.

즉, 제갈세가와 더욱 끈끈하게 이어지려는 뇌물이다.

"어디 보자. 관 쪽에도 손을 좀 써둘까."

장호는 지시 사항을 적어 내려갔다.

만사불여튼튼이라 하였으니 준비는 많이 할수록 좋다.

그렇게 이리저리 준비한 그는 즉시 하인을 불러 사람을 오게 했다.

반 시진 후에 임진연이 찾아왔고, 일각 후에 유병건이 들어왔다.

"두 분에게 긴히 할 말이 있습니다."

"무슨 일이십니까, 문주님?"

"제가 하나의 깨달음을 얻었는데, 이를 갈무리하기 위해서는 독공이 필요합니다. 그리고 이 독공을 수련하기 위해서는 운남으로 가야 하지요."

"음! 위험하지는 않겠습니까?"

유병건의 물음에 장호는 빙그레 웃었다.

그 모습에 유병건은 '아!' 하며 부끄러운 기색이 되었다.

"천하제일신의라고 불리는 문주님이신데 제가 괜한 걱정을 하였습니다."

"아닙니다. 말씀만으로도 고맙습니다. 하여튼 그런 이유로 저는 운남으로 갈 생각입니다만. 일 년 정도 문파를 비워야 할 것 같습니다."

"그것 때문에 부르셨군요."

"예. 이것은 제가 없는 동안 문파를 운영하기 위한 지시 사항입니다. 반드시 이 지시에만 따르지 마시고 상황에 따라 대처해 주시기 바랍니다."

"예, 그리하겠습니다. 그런데 이번에는 누구와 함께 가시겠습니까?"

"이번에는 혼자 떠날까 합니다."

"혼자 가시다니요? 위험합니다."

"하하, 제가 이래 봬도 초절정의 경지입니다. 제가 홀로 다닌다 해서 위험하다면 풍진강호를 주유하는 여러 고수가 비웃습니다."

장호의 말대로다.

초절정의 경지로 무림을 돌아다니는 이가 제법 되었다.

그들은 무기 하나 달랑 차고 걸어서 다니는데 그들이 들으면 비웃을 일이었다.

"하지만……."

"이는 제 결정 사항입니다."

"으음. 문주지명이시라면 따르지요."

유병건은 조금은 불만스럽다는 듯이 말하였다.

그러나 임진연은 그윽하게 미소를 지으며 장호를 바라보고만 있다.

"임 총관, 자네는 왜 별말이 없는가?"

유병건은 그런 임진연에게 불퉁하게 묻는다.

"문주님의 고집을 누가 꺾겠습니까? 또한 저는 문주님의 무위를 믿고 있습니다."

"허허, 나도 그리 믿어주면 좋겠네."

"문주님, 그럼 기쁜 마음으로 기다리고 있겠습니다."

"잘 부탁해."

"예, 문주님."

장호는 그렇게 몇 가지 대책을 수립하고서 의선문을 떠났다.

*   *   *

"이랴!"

두두두두두두!

장호의 애마 거룡.

장호가 선천단을 두 개나 먹이고 추궁과혈까지 해준 녀석이다.

본래도 이런저런 약재를 먹여 건강했지만, 지금은 마치 전설의 적토마처럼 무시무시한 속도로 달릴 수 있었다.

경공의 고수라고 해도 따라오지 못할 속도이다.

장호도 거룡이 이렇게까지 엄청나게 변화할 줄은 몰랐다. 이 정도면 거의 영물이라고 불러도 무방하지 않을까 싶다.

세상에는 영물이라고 불리는 짐승들이 있는데, 그것들은 인간만큼 똑똑하고 각기 독특한 능력을 가졌다고 했다.

예를 들어 여우와 고양이를 반반 섞은 듯한 모습에 눈처럼 새하얀 설묘(雪猫)라는 짐승이 있다.

이 녀석은 초절정고수만큼 잽싸고 후각이 기가 막히게 발달했다고 알려져 있다.

그런데 매우 영특해서 사람 말을 알아듣는다는 것이다.

거룡도 그런 조짐이 보였다.

최근 몹시 똑똑해지고 있는 것이다.

애초에 전마(戰馬)는 고된 훈련을 받아 몇 가지 명령에 번개처럼 반응해야 한다.

그렇기에 인간과 몇 가지 신호로 의사를 나눌 수 있는 지능이 있는데, 최근에는 엄청나게 똑똑해져 거룡은 자신을 돌보는 하인들을 무시하기 일쑤였다.

그러다가 오랜만에 주인을 타고 달리니 이놈이 신이 나서 엄청난 속도로 달렸다.

보통 전마의 두 배 정도 빠른 엄청난 속도였다. 그렇게 달리면서도 지치지 않는지 거의 두 시진을 그리 달리다가 점심시간이 되어 겨우 멈추어 섰다.

태원에서 관도를 따라 남쪽으로 내달리면 하남성이 나온다.

그리고 하남성을 관통해서 더 내려가면 호북성이 나오고, 그 호북성에는 그 유명한 장강이 있다.

장호는 장강에서 배를 타고 그대로 쭈욱 미끄러져 내려가 사천성을 지나 그대로 운남성으로 들어갈 계획이었다.

장강은 운남성까지 쭈욱 이어져 있고, 배를 타고 가면 육지로 가는 것보다도 빨리 도착할 수 있었다.

"가자, 이 녀석아. 이랴!"

장호는 계속 말을 달렸다. 거룡은 지치지도 않는지, 아니면 장호가 불어넣어 주는 선천의선강기의 영향인지 쉬지 않고 달렸다.

그 결과 여섯 시진 만에 무려 오백 리를 주파하는 신기를 보여주었다.

그렇게 해서 장호가 도착한 곳은 산서성의 최남단에 위치한 대도시 삼문협(三門峽)이었다.

이곳은 중원의 이대장강(二大長江) 중 하나인 황하강의 한 곳이다.

장강은 남쪽에, 황하강은 북쪽에 물줄기를 가지고 있는데 둘 다 크기가 크고 길이가 중원을 관통하는 모양새이다.

그래서 장강수로십팔채와 황하수로십팔채라고 하여 두 큰 강에는 수적들이 체계적인 조직을 가지고 있을 정도이다.

장강의 물은 황하와 섞이지 않는다는 강호의 말도 여기에서 기인한다.

장강의 수적과 황하의 수적들은 서로를 소 닭 보듯이 한다는 뜻이다.

서로 물길이 다르니 당연하다면 당연한 일이다.

여하튼 황하강의 관문 중 하나인 삼문협은 교통의 요지라서 그 규모가 무척 큰 대도시였다.

그리고 선문의방의 지점이 설립된 곳이기도 하며, 의선문의 문도들도 파견되어 있다.

하지만 장호는 번거롭게 의선문 지부에 들를 생각이 없었다.

그래서 거룡을 타고 바로 포구로 가서는 배를 타기 위해 표를 샀다.

그리고 그 다음 날 배를 타고서 그대로 황하강을 건넜다.

장호는 다시금 내달리기 시작했다.

第九章

강호는 한 번도 평화로운 적이 없었다

세상이 평화롭다고?

웃기는 소리 하고 있네.

지금도 여기저기에서 총질 중이야.

네 주변이 안전하다고 해서 평화롭다고 생각 마라.

네가 멍청하다고 광고하는 꼴이니까.

어떤 지자(知者)의 비아냥거림

장호는 오늘도 거룡을 타고 내달리고 있었다.

거룡의 몸에 선천의선강기를 흘려 넣어주고 있기 때문에 거룡은 오늘도 역시 지칠 줄을 몰랐다.

장호가 너무 빠르게 달리고 있기 때문에 산적들이 나타나기도 전에 이미 관문을 통과하는 일이 빈번했다.

덕분에 장호는 산적 같은 이들과 부딪치지 않고 그대로 내렸다.

그래서 장호는 태원을 떠난 지 열흘이 지날 때까지 강호의 일에 휘말리지 않을 수 있었다.

사실 장호는 밤에도 대낮처럼 볼 수 있는데다가 잠을 자지 않는 위인이다.

만약 거룡도 잠을 안 자고 밤눈이 밝았다면 아마 식사를 하는 시간을 빼고는 계속 달렸을 것이다.

사실 무공수련 때문에 의선문을 떠나게 되었지만, 아직 의선문이 반석 위에 올라선 것이 아니라서 조금 불안한 감이 있었다.

그래서 되도록 서두르고 있는 것이다.

"워워! 여기서 오늘은 쉬자꾸나."

장호는 하남성 원양(原陽)이라는 마을을 어제 막 지났다.

여기서 조금 더 내려가면 제법 큰 강이 나오고 그곳을 지나면 하남성의 성도인 개봉이다.

개봉 하면 유명한 것이 바로 포청천이라고 불리는 사람이다.

명재판관이며 대쪽 같은 성정으로 널리 알려져 있다.

그의 명대사로 '개작두를 대령하라!'가 있다고 하니 민간에 얼마나 많이 알려진 사람인지 알 수 있었다.

다만 장호는 개봉에는 들르지 않을 생각이다.

그나마 가보고 싶은 곳이라면 숭산 소림사인데 이곳도 들르지 않을 예정이다.

한가하게 관광이나 할 틈이 없다고 생각한 탓이다.

장호는 관도 적당한 곳에 거룡을 세웠다.

선천의선강기로 거룡의 피로를 풀어주고는 있지만 수면을 취하지 않을 정도는 아니다.

때문에 거룡이 잠을 자기 위해서라도 장호는 휴식을 취할 수밖에 없었다.

그렇게 장호는 한쪽에 거룡을 묶어놓고 예전처럼 간이 천막을 만들었다.

하남성은 산서성에 비해서 그나마 조금 더 따뜻한 지역이었다. 더구나 이제 계절이 여름이 지나고 있는 중이라 그리 춥지는 않았다.

그러나 바람이 불면 쌀쌀하기 때문에 쉽게 생각해서는 안 된다.

물론 장호는 선천의선강기의 경지가 이미 어느 정도 수준에 도달해서 그런 추위 따위 아무래도 좋았다.

하지만 거룡은 아니었다. 이 천막도 사실은 거룡 때문에 친 것이다.

천막을 치고 불을 피우자 거룡이 좋다고 푸르릉거린다.

장호는 짐 가방에서 당근을 꺼내주었다.

와그작와그작.

거룡이 좋다고 당근을 먹어댄다. 이 녀석이 제일 좋아하는 먹거리가 바로 이 당근이기 때문에 장호는 당근을 넉넉히 들고 다녔다.

"많이 먹어라."

히히힝!

"그래그래."

장호는 누워서 당근을 받아먹는 거룡을 쓰다듬어 주었다.

마을에 들를 때마다 목욕을 시켜주었지만 하루 종일 달리다 보니 꽤나 꾀죄죄했다.

하지만 그 몸체가 워낙 커서 누가 봐도 명마로 보이기는 했다.

"자, 잠이나 자라."

푸힝!

거룡은 콧소리를 내며 머리를 내리고는 눈을 감는다. 그리고는 이내 잠에 빠져들었다.

장호는 그런 거룡을 두고서 천막 밖으로 나왔다.

생각해 보면 웃기는 일이다.

말은 천막 안에서 따뜻하게 불을 쬐며 자고 있고 주인은 밖에서 별을 보며 잠을 자지 않고 있으니.

하지만 그것이 인생의 묘미 아니겠는가?

장호는 추위와 더위를 느끼지 않고 잠도 자지 않아도 되니 이게 그에게는 당연한 일이다.

"운남을 다녀오면… 어느 정도는 해낼 수 있겠지?"

장호는 마혈신외공을 익힐 때 주화입마에 걸리는 이유에 대해서 알 수 있었다.

하지만 자신 있었다.

왜냐하면 장호에게는 삼 갑자 하고도 반 갑자에 달하는 선천의선강기가 있기 때문이다.

검은 하늘의 무수히 많은 별을 보면서 장호는 잠시 먼 과거를 생각했다.

원접심공을 얻은 후 강호를 주유하던 때의 일이다.

과거 의술이 깊어짐에 따라서 무공의 이해력이 높아졌었다.

때문에 장호는 독에 대해서 공부를 하고자 사천성을 지나 운남까지 갔었다.

사실 운남에서 몇 년간 보내었으니 운남의 지리는 잘 아는 편이다.

지금 찾아가는 금지 역시 그렇다.

애뇌산의 독지도 그때 이미 한 번 확인해 본 적이 있다. 그때는 너무나 지독해서 외곽에서 독을 조금 연구하다가 말았다.

그러고 보면 그 당시의 행동과 지식이 있기에 지금에 와서 천하제일명의 소리를 들을 수 있는 기반을 닦을 수 있었다.

물론 천하제일명의 소리를 듣는 주 이유는 바로 선천의선강기 때문이다.

이게 없었다면 천하십대명의 중 하나라는 소리를 듣는 정도였으리라.

그리고 보면 참 기구하고 장대한 세월이었다.

장호는 밤하늘을 바라보면서 어째서 자신의 인생이 이리 바뀐 것일까 생각하며 감상에 젖어들었다.

그리고 곧 하늘을 바라보면서 운기행공을 시작했다.

이미 장호의 선천의선강기는 대성의 경지에 이른 상태다.

십이성의 성취를 이루면 대공을 이루었다고들 하는데 장호가 그러했다.

내단을 이룬 순간 사실 대공을 성취한 것이다.

그러나 선천의선강기의 끝을 보고 나니 그것이 끝이 아님을 알 수 있었다.

내단을 형성하고 나니 새로운 세계가 보인 것이다.

그래서 장호는 부단히 내공을 수련하였다.

내공은 많으면 많을수록 좋다.

게다가 선천의선강기는 수련이 깊어질수록 새로운 묘용이 나타나는 무공이다.

그렇게 날이 밝을 때까지 내공을 수련하고 천막을 치운 다음 잠에서 깨어난 거룡에게 물을 먹였다.

훌쩍.

"자, 가자."

히히힝!

거룡이 기분 좋게 투레질을 했고, 장호와 거룡은 다시금 길을 달리기 시작했다.

*　　　*　　　*

"어서 옵쇼."

장호는 호북성 융중산(隆中山)에 접어들었다.

여기는 삼국시대의 거성인 제갈공명이 은거하였던 곳으로도 유명하다.

그래서 그럴까?

이 융중산에는 지금도 제갈세가의 장원이 존재했다.

본래 제갈세가는 이 융준산 아래에 위치한 양양에 있다가 지금은 호남성의 성도인 장사로 이전하였지만 그 뿌리를 잊지 않고 있기 때문이다.

그리고 이 융준산의 장원에는 제갈세가의 혈족 수십여 명이 살고 있고, 그들을 호위하기 위한 제갈세가의 무인이 적어도 삼백여 명이 거주한다.

중소 문파와 비슷한 규모이다.

물론 장호는 그런 제갈세가에 들를 생각이 없다.

시간이 없는 건 아니지만, 관광을 하자고 강호에 나온 것이
아니기 때문이다.

여하튼 장호는 융중산 아래에 위치한 양양의 한 객잔에 들
어섰다.

거룡을 맡기고 객잔 안쪽으로 들어서자 점소이가 달려왔
다.

"방 하나 주고 목욕물과 식사."

"알겠습니다요. 방은 특실과 일반실이 있습니다만……."

"특실로. 그리고 식사는 대충 이 돈에 맞춰서 가져오게."

장호는 그리 말하고는 은자 하나를 건네줬다.

이십 대 초반으로 보이는 점소이는 은자를 받아 들고 고개
가 땅에 닿을 듯이 숙였다.

"예, 대인! 이리로 오시지요."

장호를 제법 넓은 자리로 안내한 점소이는 차갑게 식힌 차
를 내놓고 주방으로 뛰어갔다.

안에서 뭐라고 소리를 지르며 요리를 주문하는 것을 보면
서 장호는 느긋하게 차를 마셨다.

그러고 보면 전생에도 꽤나 바쁘게 살았지만, 지금은 그때
보다도 더 바쁘게 사는 느낌이 든다.

그도 그럴 것이 지금은 잠도 안 자고 생활하니 이미 전생보
다도 활동 시간이 많았다.

'그래서 그런 건가?'

"응?"

차를 마시면서 요리를 기다리는데 제법 강렬한 기운이 느껴졌다.

고개를 돌려 보니 한 명의 사내와 두 명의 노인이 들어오고 있었다.

'어디선가 본 것 같은데?'

장호가 사내를 보았다.

그는 스물여덟 정도로 보이는 미장부였는데, 눈가에 살기가 묻어 나오는 것으로 보아 꽤나 살생을 많이 해본 자 같았다.

그 뒤의 두 노인은 평범한 학사처럼 보였는데 그 기운은 보통을 넘어섰다.

'저 정도면 적어도 내공이 삼 갑자는 되겠군.'

장호의 판단은 그러했고, 그것은 정확했다.

실제로 두 노인은 각기 삼 갑자의 내공을 가진 초절정의 고수였다.

화경에는 이르지 못했다고 하지만 내공이 워낙 깊어서 강호에서도 대적할 자가 그리 많지 않은 자들이었다.

장호는 그런 이들에게 시선을 두다가 고개를 돌렸다.

젊은 사내의 얼굴이 낯익지만 신경 쓰고 싶지 않았기 때문이다.

"요리 나왔습니다!"

마침 점소이가 요리를 가져왔다. 잘 익은 동파육과 수자어라는 국물 요리였다.

동파육은 돼지고기를 삶아낸 요리로 아주 독특하게 삶아서 맛을 낸다.

수자어는 잉어를 매운 국물로 우려낸 탕 요리이다.

물론 요리를 잘해야 맛이 있다. 하지만 내온 것을 보며 맛이 나쁘진 않으리라 짐작한 장호가 숟가락을 들었다.

후룩, 우적우적!

'이거 참 맛있는데?'

장호는 속으로 이 객잔 숙수가 요리를 잘한다고 생각하면서 고개를 끄덕였다.

그렇게 요리를 먹고 있자니 아까 들어온 미장부와 두 노인이 자리를 잡고 식사하는 모습이 보였다.

관심을 가지고 싶지 않아도 저들의 기운이 느껴지자 절로 신경이 쓰였다.

장호의 경우 내단을 형성한 후 자연스레 내기가 완전히 갈무리되어 누군가 진기를 사용해 일부러 탐색하지 않는 한 장호가 무공을 익혔다는 것을 알 수가 없다.

여하튼 장호가 그렇게 조용히 식사를 하는데 또다시 몇 명의 사람이 들어오는 것이 보였다.

그들은 장호도 단번에 알아볼 수 있는 인물이었다.

무당파!

무당파나 화산파 같은 명문 대파들은 무복에 그들의 표식을 새겨 넣는다.

무당파는 태극 문양에 그들 특유의 문자를 더하고, 화산파는 매화를 그려 넣는다.

그렇기에 장호는 저들이 무당파임을 알아본 것이다.

무당파의 도인들은 노도사가 한 명에 젊은 도사가 다섯 명이었다.

젊은 도사는 남자 네 명에 여자가 한 명이고 모두 스물 중반으로 보였다.

그런데 다들 기도가 제법 강한 것으로 보아 무당파의 직전 제자들 같았다.

'무슨 날인가? 왜 젊은 놈들이…….'

그러다가 장호는 한 가지 기억을 떠올렸다.

용봉비무대회!

소림사에서 젊은 후기지수들의 비무대회가 열리는 것을 깨달은 것이다.

그것도 올해가 첫 번째 대회다.

이후 사 년마다 한 번씩 대회를 하게 된다.

물론 이것은 다분히 정치적인 의도로 무림맹이 황밀교의 징후를 포착하고 만든 대회이기도 했다.

'용봉비무대회라…….'

장호는 잠시 대회에 참가해 보는 것은 어떨까 하고 고민해 보았다.

하지만 아직은 때가 아니라고 생각했다.

자신 때문에 산서성의 미래가 이미 틀어졌으니 타인은 신경 쓰지 말고 자신이 준비할 것만 해야 했다.

곧 다가올 미래에 나 스스로 누구도 짐작하지 못한 비수가 되리라.

장호는 그리 다짐하며 그들에게서 시선을 돌렸다.

"사숙님, 제갈세가의 장원이 지척인데 왜 그곳에서 묵지 않으신지 궁금합니다."

"제갈세가와 우리가 친분을 가지고 있다지만 일방적으로 가서 묵는다면 그것도 하나의 빚이 되는 것이니 이는 피해야 할 일이니라."

노도인과 젊은 청년이 말을 주고받으며 안으로 들어섰다.

"어이쿠! 무당의 신선들께서 방문해 주셔서 감사드립니다! 이쪽으로 오시지요!"

점소이가 잽싸게 나서서 아부성 발언을 해대며 무당파의 도사들을 한쪽 자리로 안내한다.

"호호호, 우리가 신선이래요."

일행 중 가장 어리고 단 한 명뿐인 여인이 밝게 미소를 지으며 말했다.

그녀는 가히 화용월태라는 말이 어울리는 미녀였는데, 그 피부가 백옥보다 하얗고 빛이 난다.

"전화야, 그리 좋아하지 말라고 몇 번을 말했더냐? 도사라면 좀 더 진중해야지."

그런 여도사를 말리는 이는 아까 노도사와 이야기를 나누던 젊은 사내였다.

"치, 기분 좀 내면 어떻다고 그러세요?"

"네가 그러고도 도사라고 할 수 있느냐? 그럴 거라면 차라리 환속하거라."

"대사형은 매번 나한테만 뭐라 그래."

입을 삐죽거리는 여도사는 누가 봐도 귀엽고 예쁜 모습이었다.

다른 젊은 도사들은 그런 여인의 모습에 빙그레 미소를 지었다.

"그만 하고 요리나 시키자꾸나."

노도사의 말에 조용해지자 그는 점소이를 향해 시선을 돌렸다.

"여기 용정차 있는가?"

"물론입니다, 노신선님."

"허허, 내 노신선이라고 불릴 정도는 아닐세. 그럼 용정차 여섯 잔과 소채, 소면을 내다 주게."

"분부대로 하겠습니다. 방은 필요하지 않습니까?"

"방도 주게. 방은 세 개면 되겠네."

"예, 준비합지요."

점소이는 돈을 받아 들고 쪼르르 달려간다.

장호는 일이 점점 재미있어진다고 생각했다.

저 젊은 미장부와 두 노인은 아무리 봐도 마도나 사도의 인물로 보였기 때문이다.

그런데 무당파의 노도사와 그 제자들이 들어왔으니 사달이 날 수도 있었다.

강호에서는 이렇게 우연하게 부딪쳤다가 사달이 일어나는 경우가 아주 많았다.

그리고 그것은 좋지 않은 상황을 만들어낸다.

장호는 분쟁이 생기면 끼어들어야 하나 말아야 하나 생각했다.

그러고 있는데, 아니나 다를까 벌써 분쟁이 벌어졌다.

"여기가 호북성이긴 한 것 같군. 정파의 애송이들이 저리 팔팔하게 돌아다니니 말이야."

젊은 미장부의 입에서 흘러나온 냉랭한 목소리가 은은하

게 객잔 내부를 울렸다.

이는 공력을 실은 것으로 자신의 힘을 과시하고자 한 것이다.

'젊은 놈이 제법이군.'

장호는 속으로 중얼거렸다.

장호 자신은 몇 번의 기연이 중첩되어 내공을 늘이기 힘든 선천의선강기를 삼 갑자 넘게 달성할 수 있었지만, 과연 저 젊은 미장부는 어디의 누구이기에 저 나이에 저 정도의 내공을 쌓았단 말인가?

당장 들린 목소리만 들어보면 적어도 일 갑자는 넘었으며, 거의 이 갑자에 근접한 것 같았다.

물론 정상적으로는 불가능하다.

약을 쓰든 어떤 특수한 대법을 사용하든 다른 수를 병용해야 저 정도가 될 수 있다.

"감히 무당파의 도인에게 정파의 애송이라고 운운하는 네 놈은 누구냐?"

다섯 명의 젊은 도인 중 어깨가 떡 벌어지고 체구가 큰 도사가 벌떡 일어나 소리쳤다.

그 모습에 노도인이 눈살을 찌푸렸다.

"전중아, 내 그리 경거망동하지 말라고 누누이 이르지 않았더냐! 상대가 거친 언사를 한다고 해서 너도 거친 언사로

대한다면 세상 모든 일에 분쟁이 끊이지 않을 것이니 이 얼마나 어리석은 일이냐?'

노도인의 말에 전중이라 불린 거구의 젊은 도사는 당황하더니 스승인 노도인을 향해 고개를 숙였다.

"죄, 죄송합니다, 스승님."

"자중하거라."

"예."

그러나 노도인의 언사도 교묘했기에 장호는 노도인도 그리 좋은 사람이라는 생각은 들지 않았다.

상대의 거친 언사를 지적하면서 어리석다는 의중을 내비친 것이다.

"하하하, 그럼 본인이 어리석은 일을 한 것이 되는군. 두 분은 어떻게 생각하십니까?"

"공자께 힘이 없다면야 어리석은 일이었을 겁니다."

"반대로 공자께 힘이 있다면 어리석은 일이 아니겠지요."

"강호는 강자존이니까요."

"그렇습니다. 강호는 약육강식의 세계지요."

두 노인은 자연스럽게 서로 말을 받아가면서 번갈아 말했다.

그 모습이 괴이해서 장호는 눈살을 찌푸리다가 한 가지 기억이 떠올랐다.

음양쌍괴!

한 명은 음괴 손풍삭이라는 자이다.

이자는 음풍마공이라는 마공을 익혔는데, 차가운 한기를 실은 격공장으로 혈풍을 일으켰던 자다.

다른 한 명은 양괴 추염진이라는 자로, 이자는 염진마공이라는 마공을 익혀 뜨거운 열양진기를 담은 암기를 잘 다루었다.

이 두 명은 본래 같은 동네에 사는 친구 사이였는데, 기연으로 음풍마공과 염진마공을 익힌 이후 같이 돌아다니면서 패악을 부렸다.

그런 이들이 미장부를 공자라 부르며 공경하니 필시 저 젊은 미장부의 신분이 예사롭지 않음은 분명했다.

장호는 음양쌍괴를 알아본 순간 그들이 공자라 칭하는 사내의 정체를 알아차렸다.

흑사칠문 중 하나인 흑마곡의 소국주 흑헌제가 바로 그였다.

그는 나이 서른에 이미 초절정의 경지에 오르며 장호의 나이인 서른다섯 즈음에는 화경에 도달한 천재였다.

그리고 황밀교의 중추 중 한 명이 바로 저 흑헌제이다.

흑사칠문 중 가장 먼저 황밀교와 연합한 곳이며, 사실 황밀교의 분신이 아닌가 하는 의심이 가는 곳이 바로 흑마곡이다.

혹마곡의 무공은 몹시 독특했는데, 이들의 무공은 바로 음공이었다.

음공이란 소리에 내기를 실어 공격하는 방식이다.

음공은 내공의 소모가 다른 무공에 비해서 크다는 단점이 있으나 그 위력은 그만큼 대단하여서 강호에서도 쉽게 보아서는 안 되는 무공이었다.

특히 혹마곡의 혹마연주라는 무공은 강호에서도 일절로 인정받는 신공절학 중 하나였다.

그런 혹마곡의 소곡주가 나타날 줄이야.

'쉽게 생각할 일이 아닌데?'

장호는 그리 생각하며 장내를 지켜보았다. 그리고 환영신보의 구결대로 기운을 운용했다.

선천의선강기의 진기가 조금 변형되어 환영진기가 되면서 몸을 감쌌다.

이제는 완전히 기운을 차단하여 설사 진기를 풀어 주변을 탐색한다 해도 장호의 수준을 알아차리지 못할 것이다.

'참나, 강호는 한시도 편할 날이 없구나.'

장호는 속으로 중얼거리며 그들을 보았다.

第十章

음공

소리도 무기가 된다.

강호의 격언

"두 분 봉공께서 그리 말씀하시니 제가 힘을 증명해 보여야 어리석은 자가 되지 않겠군요."

"그렇습니다, 공자."

"힘이 있다면 저 아해도 공자께서 마음대로 할 수 있겠지요."

음양쌍괴 중 음괴 손풍삭이 여도사 전화를 가리켰다.

그러자 전화가 깜짝 놀라며 안절부절못한다.

그 모습에 노도인이 눈살을 찌푸렸다.

"본도는 무당의 청풍이라고 하오. 귀하들은 누구시오?"

청풍 도인.

장호는 이 이름을 들어본 적이 있다. 무당파의 이대제자로 무당십이장로 중 한 사람이다.

무공도 높지만 주로 무당파의 대외적인 사건들을 처리하는 인물이다.

그가 제자들을 데리고 외유를 나선 것은 그의 대제자가 바로 무당의 젊은 후기지수 중에서 가장 강하기 때문일 것이다.

청풍의 대제자는 전무라는 자인데, 무재가 뛰어나 장문인에게 특별히 무공을 사사하고 있으며 서른셋에 화경의 절대경지에 오르게 되어 이후 무당일검이라는 소리까지 듣게 된다.

무당일검 전무.

흑마곡주 흑헌제.

이 둘이 후기지수일 때 만나게 된 것이다.

장호는 이 사건이 전생에서도 있었던 일인지 고심되었다.

자신 때문에 미래가 꽤나 많이 바뀐 것일까?

그러다가 장호는 문득 생각했다.

이왕 미래가 바뀐 김에 더 바꾸면 안 될까?

흑헌제를 여기서 죽인다면?

그가 죽으면 미래의 강적이 하나 사라지게 된다. 지금 장호의 능력이면 그를 죽일 수 있었다.

음양쌍괴가 버거운 상대이지만 장호는 그들도 물리칠 수 있다고 생각했다.

문제는 저들이 도망갈 경우이다.

장호는 대단한 경신보법을 알고 있지 못하니 저들이 도망가면 놓칠 것이 뻔했다.

처음 충돌하게 되면 그때 기필코 죽여야 한다.

장호는 속으로 그런 계산하며 두 무리를 지켜보았다.

"무당의 얼굴이라는 청풍 도인이로군."

"청풍이라……. 용봉비무대회에 가는 길인가?"

"그렇겠지. 그의 대제자가 차기 무당일검이라고 소문이 자자하지 않던가?"

"오늘로써 차기 무당일검은 무당폐검이 될 테니 안타까워서 이를 어쩌나?"

저 둘은 만담이라도 하는 건가?

장호는 속으로 음양쌍괴의 대담이 어이없어서 웃고 말았다.

그러나 그 말을 듣는 청풍 도인과 그의 제자들은 생각이 다른 모양인지 인상을 쓰고 있다.

그나마 청풍 도인은 곧 신색을 회복했지만 제자들은 아니었다.

"이름조차 밝히지 못한다면 조용히 물러나세요."

여도사 전화가 톡 쏘아붙이자 음양쌍괴는 말을 멈추었다. 그리고 이번에는 흑무곡의 소곡주인 흑헌제가 나섰다.

"하하하, 이름을 밝히지 못할 것이 무엇이 있겠나? 본인은 흑무곡의 소곡주인 흑헌제라고 하지. 강호 동도들은 본인을 흑무살곡이라고도 부른다네."

흑무살곡이란 별호는 그가 사람을 죽이는 연주를 한다고 해서 붙은 별호였다.

실제로 그의 무기는 비파로 이 비파에 음을 실어 사람을 죽이는 데 능했다.

"흑무살곡 흑헌제!"

전화도 그 이름을 들어보았는지 놀란 표정으로 그의 이름을 불렀다.

그가 흑무곡의 소곡주임을 알게 되자 자연히 옆의 두 사람에 대한 것도 떠올랐다.

"그렇다면 두 분은……."

"응? 우리를 아나?"

"모를걸?"

"그럴까?"

그녀의 말에 서로 다시금 대담을 나누는 둘을 보면서 장호는 속으로 다시금 웃었다.

음양쌍괴가 괴팍하다더니 확실히 괴이한 작자들이었다.

"두 분은 음양쌍괴가 맞으신가요?"

"맞아. 우리가 바로 음양쌍괴지. 내가 음괴."

"내가 양괴다."

장호는 음괴와 양괴가 서로를 소개하는 것을 보면서 고개를 갸웃했다.

음괴는 세간의 소문처럼 음기가 없고 양기가 가득했다. 그리고 양괴는 도리어 음기가 가득했다.

설마 서로를 바꾸어 칭한 건가?

괴이하군.

"그대들이 음양쌍괴라고 하나 본 문을 무시할 수는 없소이다."

청풍 도인이 제자들을 물리고 자리에서 일어나 앞으로 나섰다.

그러자 음양쌍괴도 자리에서 일어섰다.

"물론 우리는 무당파를 무시하지는 않네."

"하지만 너를 비롯한 어린 애송이들은 무시하지."

"너희가 무당파에 속해 있다지만 여기에 무당파 전원이 있는 것도 아니잖아?"

"그러니 우리는 공자님이 어리석은 분이 아니라는 걸 증명해야지."

"그렇지 않습니까, 공자님?"

마치 광대 같은 그들의 행동이 끝났을 때, 어느샌가 흑헌제의 손에는 비파가 들려 있다.

"물론입니다. 두 분의 말대로 제가 힘을 보여야겠지요. 자, 무당의 노선배와 어린 아해들은 내 무공을 한번 받아보시구려. 내 힘을 감당한다면 내 스스로의 어리석음을 그대들에게 고하고 사죄하도록 하겠소이다."

따다당!

그것은 기습이나 다름없었다.

그리고 장호는 그런 그들의 모습에서 무언가 작위적인 느낌을 받았다.

설마 저들은 무당파 사람들이 올 것을 미리 알고 기다리고 있었나?

그렇다면 이건 심상치 않은 일이라는 말인데.

장호는 그리 생각하면서 흑헌제를 주시했다.

때마침 그의 손이 현란하게 움직이기 시작했다.

따라랑, 따당, 따다다다당.

비파 음이 빠르게 울려 퍼지자 장호는 바로 그 음에 강대한 기운이 실린 것을 느낄 수 있었다.

어쩐다?

장호는 우선 주변의 민간인들처럼 고통스러운 표정을 지어 보이며 벌러덩 쓰러져 버렸다.

자신이 힘을 감추었으니 그에 맞게 행동해야 하지 않겠는가?

이런 일은 전생에서 몇 번이나 해본지라 지극히 자연스러워 보였다.

거기다 무당파와 흑무곡의 인물들은 서로에게 집중하느라 장호를 눈여겨보지 않아 걸리지 않을 수 있었다.

"으아악!"

객잔의 손님 중 일부는 비명을 지르며 쓰러졌고, 일부는 밖으로 도주하려고 창문을 타고 넘는 등 부산을 떨었다.

그사이에 무당파의 젊은 도인들은 안색이 창백해진 채로 내공을 급히 끌어 올리는 듯 보였다.

청풍 도인만이 침중한 기색으로 앞으로 나섰다.

음공이 사위를 뒤덮은 이후라서 젊은 도인들은 이미 내상을 입은 듯했다.

"무량수불! 그대들은 피를 보고자 작정하고 온 것이구나! 무슨 의도로 이런 일을 벌이느냐?"

"하하하, 의도는 무슨 의도가 있겠소? 그저 무당일화를 보고자 왔을 뿐이라오."

따라랑!

말이 끝남과 동시에 비파를 튕기니 청풍 도인의 주변으로 폭발이 일어났다.

콰쾅!

그 폭발력에 청풍 도인은 뒤로 튕겨져 나가며 안색이 더욱 침중해졌다.

그는 강호에 오래 몸담아온 노강호다.

격공장을 다수 상대해 보았지만 이렇게 신기막측한 격공장은 처음이다.

급히 호신기를 만들어내어 전신을 보호했기에 내상은 입지 않았지만, 타격받은 지점에 은은한 통증이 일고 있었다.

외상을 입은 것이다.

"본인의 내공은 제법 깊다오. 제대로 방비하지 않으면 노선배라고 해도 오늘 칼을 부러뜨리게 될 거요."

아주 자신만만한 어투였다.

"무도하구려. 음양쌍괴는 나서지 않을 것이오?"

"하하하, 공자께서 나서는데 본인들이 나설 필요가 있겠는가?"

"그럼그럼. 공자께서는 이미 자네들 모두를 죽일 수 있는 능력이 있으시다네."

두 사람의 말이 끝나자 흑헌제가 나서며 비파를 튕기기 시작했다.

그러자 사방이 우르르 흔들리면서 막강한 기파가 연달아 청풍 도인에게 날아들었다.

그 속도가 무시무시하게 빨랐기 때문에 청풍 도인은 검을 꺼내 들어 연신 허공을 베어야만 했다.

'음공이 그 속도와 공격 범위 때문에 무섭다더니 정말이로군.'

장호는 땅바닥에 엎어진 채로 싸움을 구경하면서 생각했다.

흑헌제와 청풍의 싸움은 확실히 대단했다.

청풍 도인은 무당의 장로라는 것을 증명하듯이 검에서 검사를 뿜어내며 몸을 보호하였다.

검사를 뿜고 그것을 통해서 막을 만들어낸 것이다. 그 막에 음공의 기운이 충돌하며 폭발이 일어났다.

그러나 청풍 도인은 흑헌제에게 다가갈 수가 없었다.

계속해서 방어만 하는 어느 순간이었다.

"핫!"

청풍 도인의 몸이 번개처럼 쏘아져 나갔다.

몸에 검사를 두르고서 쏘아져 나가는 그 모습이 한 마리 용과 같았다.

장호가 속으로 감탄하는 동안 흑헌제는 뒤로 물러서며 연신 비파를 연주하였다.

그러자 허공에서 기운이 뭉치더니 그대로 청풍 도인을 덮치는 것이 아닌가?

장호는 그걸 보면서 흑무곡의 음공이 기공술 면에서는 여타 무공보다 한 수 위라는 것을 알 수 있었다.

저 정도로 기운을 잘 다룬다면 이후 화경에 오르는 것에도 큰 도움이 되지 않을까?

콰콰쾅!

허공에서 기운의 충돌이 일어났다.

그러나 그 충돌에도 아랑곳없이 청풍 도인은 전면으로 나아가 결국 검을 들어 흑헌제를 공격할 수 있었다.

땅! 따당!

그러나 흑헌제는 근접한 상태에서도 밀리지 않았다. 그가 든 비파는 철로 만들었는지 금속음이 났다.

비파와 검이 충돌하고, 그사이에 다시금 비파의 현을 튕기니 폭음이 일며 청풍 도인이 연거푸 뒤로 밀렸다.

어느샌가 청풍 도인의 입가에는 피가 흐르고 있었다.

"후후후, 어떻소, 노선배? 이 몸이 어리석다고 할 수 있겠소? 두 분 봉공께서는 어린 아해들이 도망가지 못하게 해주시면 감사하겠습니다."

"물론이지요, 공자."

"공자의 말씀을 따르지요."

장호는 그걸 보면서 슬슬 자신이 나서야 되겠다고 생각했다.

그리고 속으로 환영신보를 잘 얻었다고 되뇌었다.

이거야말로 암습에 최적화된 상황이 아닌가?

장호는 그들이 눈치채지 못하게 아주 조금씩 움직이다가 단번에 손을 썼다.

파파팟!

암탄지공의 무음무형의 탄지풍이 쏘아져 나갔다.

그러나 무음무형이라고 해도 기파는 존재하기 때문에 발출되는 순간 초절정고수인 세 사람은 즉시 장호의 공격을 알아차렸다.

하지만 알아차렸다고 해서 제대로 막을 수 있는 것은 아니었다.

그것은 그들의 의식의 틈을 찌르는 갑작스러운 암습이기 때문이기도 했지만 장호의 공격 속도가 어마어마하게 빨랐기 때문이기도 하다.

그야말로 암습에 최적화된 탄지공이 아닐 수 없었다.

퍼퍼퍽!

세 사람 다 결국 암탄지공에 격중당하고 말았다.

다만 본래 장호가 노린 급소에서 벗어난 지점에 구멍이 뚫렸고, 그곳에서 피가 흘러나왔다.

그래도 음양쌍괴 중 스스로를 음괴라 칭했지만 사실 양괴인 듯 보인 자는 팔뼈가 부러졌다.

급소인 목을 노리고 날아온 암탄지공을 팔로 막은 탓이다.

그 반대로 양괴라 칭한 음괴인 듯한 자는 옆구리에 구멍이 나서 피가 쏟아져 나온다.

내장을 노렸으나 내장은 다치지 않고 복부에 구멍만 난 것이다.

그래도 꽤 중상이었다.

그나마 피해 없이 막은 것은 흑헌제였다.

그는 비파로 막아냈는데, 비파가 움푹 들어가고 금이 갔다.

문제는 그다음이었다.

"크으윽!"

음양쌍괴 모두 격중당한 곳을 부여잡으며 쓰러졌다.

식은땀을 줄줄 흘리는 그들의 모습에 큰 변괴가 일어났음을 알 수 있었다.

선천의선강기의 공능이었다.

여타 진기와 다르게 순후하고 강력해서 소멸되기 전까지 내부를 진탕시키고 마는 기운이 바로 선천의선강기이기 때문이다.

그리고 그 모습과 함께 장호는 자리에서 천천히 일어났다.

"이것 참, 암습 한 번에 음양쌍괴를 행동 불능으로 만들었으니 크게 남는 장사로군."

"누구냐?"

"글쎄, 내가 누구인지 알려준다고 해서 나에게 무슨 이득이 있겠나? 그렇지 않나, 흑무곡의 소곡주 흑헌제?"

장호는 옷을 툭툭 털면서 앞으로 걸어 나왔다.

청풍 도인과 그의 제자인 도사들은 장호를 보며 굳은 표정을 지었다.

제삼의 인물이 나타나 흑무곡의 소국주를 암습하여 음양쌍괴를 단번에 무력화시켰으니 당연한 일이다.

"감히……!"

"감히라고 함부로 말하지 마라. 아니지. 함부로 막말해도 되나? 어차피 결과는 같을 테니까."

장호의 말에 흑헌제가 인상을 찌푸렸다.

"무슨 소리냐?"

"무슨 소리는, 나는 너를 살려줄 생각이 조금도 없다는 뜻이다!"

장호가 쾅 하고 발을 굴렀다.

그의 몸이 표홀하게 구름처럼 날아든다. 운행신보가 펼쳐진 것이다.

환영신보는 상승 절학이라고 할 만하지만, 사실 은신에 특화되어 있어 그 속도는 운행신보보다 떨어졌다. 때문에 운행신보를 극성으로 펼치며 달려든 것이다.

그 속도는 사실 청풍 도인에 비하면 느렸다.

그리고 그 찰나의 순간에 흑헌제는 반쯤 부서진 비파를 들어 현을 튕겼다.

화악!

장호는 자신에게 날아오는 무음무형의 진기가 무려 다섯 개나 된다는 것을 알았으며, 하나하나의 위력이 보통을 넘는다는 것을 느꼈다.

그러나 장호는 자신을 믿었다.

그리고 선천의선강기를 믿었다.

진기를 더욱 끌어 올려 몸 전체에 불어 넣으면서 그대로 돌진한 것이다.

콰쾅! 콰쾅!

두두두두두!

진기의 폭발이 장호의 몸을 두드렸다.

그것은 꽤나 아팠다. 하지만 장호의 피부에 상처조차 입히지 못했다.

게다가 그 폭발은 장호를 제대로 막아내지도 못하였다.

장호는 그대로 폭발을 뚫고 전진했고, 속도는 조금도 느려지지 않았다.

그것을 보며 흑헌제가 경악에 차서 두 눈을 부릅떴고, 그 당혹감 때문에 잠깐 뒤로 물러나는 것이 늦어지고 만다.

쐐애액!

장호의 손이 마치 용의 발톱처럼 구부러지면서 다가온다.

흑헌제는 이를 악물고 뒤로 물러나며 재빠르게 비파 현을 튕겼다.

콰콰쾅!

어마어마한 폭발.

무리하게 내력을 끌어내어 일으킨 음공의 폭발에 장호가 발을 디딘 곳 주변이 파괴되어 비산하고 먼지가 피어올랐다.

이 정도면 피를 토하며 쓰러지리라.

흑헌제는 그리 생각하며 깊이 내공을 끌어 올리느라 울렁거리는 속을 진정시켰다.

"후후후후, 어디서 나타난 놈인지 모르나 본인의 상대는 되지 못한다. 자, 무당일화, 네가 나를 따라간다면 네 사형제들을 더는 해치지 않겠다고 약속하마."

"네가 스스로 자진한다면 나 역시 음양쌍괴를 안 괴롭힌다고 약속하마."

"무슨 헛소리를 하는 거냐! 내가 왜 그런… 아니?"

갑자기 들려온 소리에 대꾸하던 그는 소리가 난 곳을 보고는 두 눈을 크게 치떴다.

그곳에는 멀쩡한 모습의 장호가 있었기 때문이다.

"어, 어떻게……?"

"금강불괴라고 들어봤나?"

성큼.

장호는 앞으로 내걸었다.

자신을 해치운 줄 알고 기고만장하던 흑헌제가 참으로 가소로워 보인 탓이다.

검기, 검사 정도는 이제 그냥 견딜 수 있게 된 장호다.

제법 강력한 폭발이었지만, 겨우 그 정도로 자신에게 상처를 입힐 거라고 생각했다면 그거야말로 오산이다.

"외, 외공의 고수였나?"

"아니. 내외공 둘 다 고수야."

그리고 그 말을 끝으로 장호가 손을 빠르게 뻗어왔다.

그러자 흑헌제는 재빠르게 뒤로 물러서며 다시금 비파를 연주했다.

따라라라라랑!

아까와는 달랐다.

직접적으로 기파가 날아오는 것이 아니었던 것.

그러나 상황은 아까보다 좋지 않았다.

흔들.

장호의 균형이 흐트러지기 시작했다.

장호는 즉시 이게 어떤 원리인지 알아차렸다.

의원인 장호는 인체에 대해 해박했고, 귀 쪽에 사람의 균형을 잡는 기관이 있음을 알고 있다.

음파로 귀를 공격하는 건가?

하지만 그 정도는 쉽게 막을 수가 있지.

장호는 즉시 소매를 찢어 귀에 꽂았다. 그리고 그 천에 기운을 불어넣었다.

비틀거리던 현상이 즉시 멈추었다.

흑헌제가 당황한 표정을 지어 보인다.

그와 함께 장호가 비호처럼 달려들며 손을 뻗었다.

흑헌제가 그 손에 반응해 마주 손을 뻗어왔다.

흑무곡에는 음공 외에도 절기가 많았고, 지금 사용하는 것은 흑형권이라고 하는 권법이었다.

그리고 흑형권과 장호의 육벽권검이 충돌한 순간,

믿을 수 없는 일이 벌어졌다.

우드득!

"으아아악!"

흑헌제의 손목이 부러진 것이다.

"쯧쯧, 이거 부실한 놈이로군."

장호는 혀를 찼지만 사실 이렇게 될 수밖에 없는 일이었다.

장호의 근력은 이미 인간의 범주를 넘어선 지 오래이다.

거기에 내력을 담아 휘두르니 가히 백만 근의 위력을 가졌다고 보아야 했다.

그렇기에 흑헌제의 손이 부러진 것이다.

그것을 모르는 좌중의 사람은 모두가 놀라서 장호를 바라보았다.

그러거나 말거나 장호는 반대쪽 손을 들면서 말했다.

"잘 가라."

휙!

퍼어억!

흑헌제의 심장에 다섯 개의 구멍이 생겨났다. 암탄지공으로 구멍을 낸 것이다.

흑헌제의 얼굴이 파랗게 변하며 거품을 물더니 무어라고 웅얼거렸다.

"이, 이렇게……."

그리고 그대로 쓰러져는 다시는 일어나지 못했다.

"자, 그러면 두 분도 가보시구려."

장호는 그다음 음양쌍괴를 보더니 그대로 손을 휘둘렀다.

음양쌍괴가 무어라고 말하기도 전에 암탄지공의 지풍이 날아들더니 둘의 이마에 구멍을 내주었다.

그들은 그대로 쓰러지며 즉사하고 말았다.

휘이이이!

잠시 지독한 침묵과 고요가 사방에 몰아쳤다.

장호의 암습도 의외였지만, 그가 단호하고 냉혹하게 흑헌제와 음양쌍괴를 처리했기 때문이다.

장호는 무당파의 도인들을 향해 돌아섰다.

꿀꺽.

무당파의 도인 중 하나가 마른침을 삼킨다.

그때다.

장호가 손을 들었다.

흠칫!

모두가 놀란 상황에서 장호는 포권을 해 보이며 말했다.

"산서 의선문의 문주 장호라고 합니다. 무당파의 청풍 도인을 뵙게 되어 반갑습니다."

第十一章

무당일화

하나의 성별로 이루어진 무리에 이성이 들어오면
특별한 취급을 받게 된다.
그건 너무나도 당연한 일이다.
그리고 보통은 남성들 사이의 여성이 더 크게 대우를 받는다.
남성이 더 동물적이기 때문이다.

남성의 본능

산서 의선문.

그곳은 현재 강호에 이름을 알리고 있는 신흥 문파이며, 그 세력이 강력하다고 알려진 곳이다.

물론 구대문파와 팔대세가에 비하면 모자라지만, 중소 규모 문파 중에서는 거의 최고 수준에 이른 문파였다.

또한 의선문의 문주는 젊은 나이에 신의(神醫) 소리를 들을 정도로 명의라고 알려져 있기도 했다.

그런 의선문의 문주임을 스스로 밝힌 청년의 말에 놀라지 않을 수 있으랴.

그러나 놀란 것은 놀란 것이고, 해야할 일은 해야 한다. 청풍 도인은 이내 당황을 수습하고 포권을 해 보였다.

"의선문주의 도움에 감사드리오. 본도는 무당의 청풍이고, 이쪽은 내 제자들이오."

"무당의 젊은 영웅분들을 만나서 반갑습니다. 자리가 어수선하니 옮기시는 것이 어떻겠습니까?"

"좋은 생각이오."

장호는 점소이에게 금자를 하나 던져주었다.

시체를 처리하고 부서진 집기를 수리하는 수고비 명목으로 준 것이다.

그리고 장호는 무당파 일행과 같이 객잔을 나섰다.

애마 거룡을 되찾은 장호는 무당파 일행과 함께 다른 객잔으로 들어섰다.

적당히 자리를 잡고서 장호와 무당파 일행은 본격적으로 서로 인사를 나누었다.

"스승님의 대제자인 전무라고 합니다."

전무가 먼저 포권을 하며 인사를 하였다.

장호가 일문의 문주이니 나이가 젊다고 해서 하대나 반 존재인 하오체로 말할 수는 없었다.

그의 정중한 말에 그 뒤로 다른 제자들도 자기소개를 한다.

전중, 전인, 전소, 전화.

전무를 비롯하여 총 다섯 명의 제자다.

이 중에 전인, 전소는 청풍 도인의 제자는 아니었다.

이들 다섯 사람은 무당파의 젊은 후기지수 중에서 가장 뛰어난 이들이었다.

그 인솔자로 청풍 도인이 나선 것은 아무래도 전무, 전중, 전화의 스승이기 때문이었다.

물론 청풍 도인이 대외적인 일을 처리하는 장로이기 때문이기도 하다.

"다시 한 번 인사드리겠소. 의선문의 문주로 있는 장호라고 하오."

장호는 그들에게는 반 존재인 하오체로 말하였다.

사실 장호의 나이가 그들보다는 어리지만 그는 일파의 문주이다.

때문에 그들에게 말을 높인다는 것은 있을 수 없는 일이었다.

장로의 배분인 청풍과 그의 제자들은 항렬 차이가 있기 때문이다.

여하튼 장호의 인사에 모두가 읍을 하여 답해 보이고, 일행은 본격적으로 대화를 시작했다.

"그 정도 위기야 쉽게 해결하셨겠지만, 그래도 제가 도움을 드릴 수 있게 되어 기쁩니다. 혹 다치신 분은 안 계신지요?"

"다행히 크게 다치지는 않았소. 그런데 장 문주는 홀로 어디를 가시는 길이오? 혹 용봉비무대회가 있는지 모르시는 것이오?"

그 질문에는 '네가 진짜 의선문주냐?' 하는 의미도 들어 있었다.

하지만 장호는 그런 의심에도 별로 기분 나빠 하지 않았다.

"하하, 어찌 용봉비무대회가 있는 것을 모르겠습니까? 하지만 저에게는 크게 의미가 없는 일이라 운남으로 가는 중입니다. 운남의 금지인 독지에 볼일이 있기에 수하들도 제쳐 놓고 홀로 다니고 있지요."

장호의 말에도 청풍은 의심을 거두지 않았다. 그리고 장호도 그것을 잘 알고 있다.

어차피 이 의심은 나중에 없어질 일이다.

무당파에도 정보 조직이 있고 자신의 초상화 정도는 손에 넣을 수 있으니까.

그래서 의심을 거두게 하기 위한 노력은 할 생각은 없는 장호였다.

"운남의 독지에는 무슨 일로 가세요? 그곳에 영물이라도 사나요?"

그때였다.

불쑥 청아한 목소리가 대화에 끼어들었다.

장호가 돌아보니 무당일화로 유명한 전화가 그를 바라보고 있었다.

"영물 때문에 가는 것은 아니오. 그곳의 독지에서 의술을 연구하기 위해서 간다오."

"아, 그러고 보니 장 문주님의 의술이 천하제일이라고 하던데 정말인가요?"

"그것은 잘 모르겠소. 본인의 의술이 제법 뛰어나긴 하지만, 천하제일인지는 알 수 없는 노릇 아니겠소? 본인이 못 고치는 병이라고 해도 어떤 의원은 고칠 수가 있을 테니 말이오."

"그런가요?"

"그렇소."

"어째서 그런가요?"

"의술은 여러 계파로 나뉘기 때문이오. 침술만 해도 여러 가지가 있으며, 부술에서 뜸술까지 가면 상상 이상으로 많은 종류의 의술이 있소. 그러니 그 모든 의술에 통달하기가 쉽지 않지. 더 쉽게 예를 들자면⋯ 전화 여도사는 어떤 병기를 주로 쓰시오?"

"검이요."

"무당파는 검과 권장법으로 유명하지. 그렇다면 전화 여도사는 검공의 고수이실 듯한데, 맞소이까?"

"음, 못하지는 않아요."

"그렇구려. 그렇다면 전화 여도사는 혹시 도를 잘 다루시오?"

"예?"

"도법에 능한지 궁금하오."

"아뇨. 도법은 조금도 모르는데요?"

그 말에 장호가 빙그레 미소를 지어 보였다.

"의술도 그러하다오. 침술과 부술은 전혀 다르오. 그리고 뜸술과 추나술 같은 것도 마찬가지이고. 그러니 어느 하나에 특출하다고 해서 다른 쪽까지 특출할 리가 만무하지 않소? 비록 본인의 의술이 제법 쓸 만하다지만 진정 천하제일인지는 본인도 모르오. 하지만 의술만으로는 천하십대명의에 들어갈 만하다고 자부하고 있소."

"아!"

그녀는 놀란 표정으로 감탄을 터뜨렸다.

"그건… 천하십대고수와 비슷하시다는 의미죠? 의술에서는요."

"바로 그렇소."

"우와!"

그녀는 다시금 감탄을 터뜨렸다.

당금 강호에서 천하십대고수라고 불리는 자들은 그야말로

노회한 고수이다.

그런데 이 젊은 문주는 스스로가 의술로는 천하십대고수와 같다고 말한다.

그러니 그녀는 놀라지 않을 수 없었다.

"정말 대단하세요. 나이가 저희와 비슷한 것 같은데……."

"과찬이시오."

장호는 겸양의 말을 해 보였다.

그런데 다른 제자들을 보니 꽤나 눈빛이 남다르다.

일단 전무는 제외하고 다른 세 명은 꽤나 시기가 가득한 눈빛을 가졌다.

청풍 도인은 제자들의 그런 기색을 알아차리지 못했다. 왜냐하면 청풍 도인이 그들 옆에 앉아 있기 때문이다.

하지만 정면에서 그것을 바라보는 장호는 쉽게 알아차렸다.

"의술은 무공과 다르기에 이런 경지에 오르는 것이 나이에 구애받지는 않소이다."

"예? 어째서요?"

"의술은 더 많은 의서와 병에 대한 자료들을 접하고 환자를 많이 고칠수록 빨리 늘기 때문이오. 그러나 무공은 내공을 모으는 것이 영약을 먹는다고 해도 한계가 있으니 차이가 크지 않겠소?"

"아! 그 말씀이 맞네요. 하지만 그렇다고 해도 의술을 문주님의 경지까지 쌓는 것이 쉬운 일은 아니죠?"

"물론 그렇소. 본인은 나이 다섯부터 의술을 공부하고 환자를 보았으니 이제는 햇수로 십오 년이 좀 넘었소."

십오 년.

물론 짧은 시간은 아니지만 긴 시간도 아니다.

그러나 장호가 의선문의 당대 문주라는 것은 전대 문주의 직전제자였다는 뜻.

의술은 장호의 말대로 지식을 전수하는 것이니 장호의 자질이 뛰어나다면 지금의 실력도 납득이 간다.

"그런데 장 문주."

"예, 말씀하시지요."

"그대는 왜 용봉비무대회에 나가지 않소? 그대에게도 제자가 있다고 들었소만."

"하하, 본 문은 의가입니다. 그리고 본 문의 사업도 의술에 기반을 두고 있지요. 용봉비무대회에 참여하여 명성을 떨친다 해도 어디다 사용하겠습니까?"

장호의 말에 청풍은 적지 않게 놀랐다.

문파들은 대부분 명성을 중히 여긴다. 명성이 없다면 문파로서의 이권을 지키기가 쉽지 않아서 그렇다.

구대문파는 대부분이 지금 상황이 그렇게 좋다고 볼 수 없었다.

그들 스스로가 사업적 수완이 별로 없기 때문이다.

그렇기에 구대문파는 대부분 속가제자를 받아들였고, 속가제자들에게 기부금을 받거나 그들의 사업 이권을 조금 양도 받아서 수익을 챙긴다.

그나마 속세에 자리한 팔대세가의 경우에는 사업 수완을 가져서 그들 나름의 사업을 행하여 수익을 얻는다.

그런 팔대세가도 사실 구대문파보다 형편이 낫다뿐이지 대단한 재력을 가진 것은 아니다.

팔대세가 중 유일하게 제갈세가만이 큰 재산을 가지고 있는 이유가 바로 그에 있었다.

물론 이들 구대문파와 팔대세가는 규모가 있으니 적잖은 자산을 가지고 있긴 하지만 한 달의 순수익이 금자로 오천 냥을 넘지 않는 수준에 불과했다.

이미 한 달에 순수익이 금자로 사만 냥이 넘어가는 장호의 의선문파는 비교를 불허하는 수치다.

그러니 장호의 말은 당연히 진실이었다.

용봉비무대회 따위에 나가서 명성을 얻는다고 해보았자 의선문에 도움 될 일은 없었다.

산서성에는 이미 적수가 없는 형편이고, 산서성을 전부 장악하는 데에도 시간이 제법 걸린다.

그 이후에는 명문 대파라고 해도 장호의 의선문을 건드릴 수가 없게 될 것이다.

절정고수의 수가 일천이 넘는다면 명문 대파도 어떻게 할 수 없는 수준이기 때문이다.

게다가 의선문도들은 보통 무인이 아니다.

체계적으로 단체전을 수련하였고, 전술 전략을 몸으로 익히고 있다.

또한 기본 무기가 활이기도 했다.

절정의 무인이 일 갑자의 내공을 바탕으로 활을 쏜다고 생각해 보자.

그런 이가 일천이나 된다면?

악몽이 따로 없을 것이다.

화경에 오른 이라고 해도 이 일천여 명의 절정고수로 이루어진 궁수 부대에게 공격당하면 살아날 수 없을 터였다.

물론 외공으로 화경에 이른 자라면 문제가 없겠지만, 그런 이가 많을 리가 없지 않은가?

장호는 의문스럽다는 표정의 청풍 도인을 보면서 적당히 이야기를 해줄 필요성을 느꼈다.

"본 문은 의술을 기반으로 하는데… 산서성에는 제대로 된 의원이 그리 많지 않습니다. 본 문이 그간의 은둔을 깨고 활동을 시작하면서 여기저기에서 의원들을 부르더군요. 그러다 보니 현재는 제법 큰 수익을 얻고 있는 중입니다."

장호는 그러면서 손가락 하나를 들어 보였다.

일견 무례해 보일 수 있는 행동이지만 청풍은 탓하지 않았
다.

"금자로 일천이냐?"

장호는 고개를 슬쩍 흔들었다.

"만입니다."

"허!"

청풍 도인은 진정 놀란 표정을 지었다.

그는 무당파의 외적인 일을 처리하다 보니 무당파의 한 달
수익이 어느 정도인지 알고 있다.

사실 무당파의 한 달 수익은 금자 팔천 냥인데 이것은 순수
익이 아닌 매출액이다.

이 중에서 문파 유지비와 문도 수련비, 그리고 식비나 기타
여러 가지에 들어가는 돈이 무려 금자로 사천 냥이나 되었다.

남는 금자 사천 냥은 비축하거나 재투자, 혹은 보급품을 구
비한다.

그런데 지금 이 신생 문파의 어린 주인은 자신의 문파가 한
달에 금자 만 냥을 벌어들인다고 하니 그가 놀라지 않을 수가
없었다.

"어, 어떻게 그것이 가능한 것이오?"

"본 문에 투신한 의원 수만 해도 이제 일천여 명이 넘어가는 형국입니다. 그들을 산서성 각지에 파견하여 본 문에서 만든 선문의방 지점을 세우고 의업을 개시했죠."

장호의 말은 일천여 명의 의원이 한 달에 금자 만 냥을 벌어들이고 있다는 것이다.

그 말에 청풍 도인은 눈앞의 젊은 미공자가 진짜 의선문주임을 깨달을 수가 있었다.

그도 의선문이 많은 돈을 벌어들이는 것을 이미 첩보로 받아보았으며, 의선문에 의원 수가 그 정도로 많은 것도 알고 있었다.

다만 정확한 액수는 그도 잘 모르는 차였다.

그런데 이제 보니 의선문이 아주 엄청난 부자가 아닌가?

"하나 내 듣기로 선문의방은 치료비가 아주 싸다고 알고 있소."

그렇게 싸게 치료해 주는데 어떻게 돈을 버느냐는 질문이다.

그에 장호는 빙그레 웃으며 사정을 설명해 주었다.

"물론 저희는 만민 평화를 위해서 값싼 치료비를 우선시하고 있습니다. 다만… 본 문에서 파는 보신약들은 무척 비싸게 팔고 있지요. 그리고 그것들이 아주 잘 팔립니다. 예를 들자면 정력제 같은 것들이 바로 그것이지요."

물론 장호의 말은 진실이지만 모든 사실을 다 말한 것은 아니다.

사실 의선문은 한 달에 금자 오만 냥의 순이익을 올리는 어마어마한 문파이다.

단지 선문의방만 운영하는 것이 아니고 곡물 유통에서부터 농지 관리까지 다방면에 사업을 벌이고 있기 때문이다.

"큼큼."

청풍 도인은 정력제라는 말에 헛기침을 하였다. 다른 젊은 도인들도 큼큼거리고 있다.

막내인 무당일화 전화 때문이다.

"정력제가 뭐예요?"

아니나 다를까 전화가 바로 물어보자 다들 불편해했다.

그러나 장호는 웃으며 말을 이었다.

"그건 남자의 자존심을 세워주는 약재라오."

"예? 남자의 자존심? 그게 뭐죠?"

"그건 차차 아시게 될 것이니 지금 알 필요 없소이다."

"큼. 장 문주의 말이 옳다. 전화 너는 궁금해하지 말거라."

청풍 도인이 나서며 정리했다.

그러자 전화는 입을 다물긴 했지만 혼자서 골똘히 생각에 잠기는 듯했다.

남자의 자존심.

그게 무엇일까?

그녀는 계속 고민하는 모양이고, 다들 식은땀을 흘렸다.

"그런 이유로 본 문은 제법 큰돈을 벌어들이고 있습니다. 그리고 모두 바쁘기도 하거니와 저를 위해서 굳이 본 문의 문도들이 호위를 할 필요는 없기도 하지요. 제 몸의 안위 정도는 스스로 돌볼 수 있으니 당연한 일입니다."

나는 혼자서 강호를 돌아다녀도 상관없다.

그런 의미였다.

그것은 청풍 도인도 느끼고 있었다.

상대는 젊은 나이에 초절정의 경지에 오른 괴물 같은 이다.

청풍 도인조차도 손해를 보고 뒤로 물러서야 했던 흑무곡의 소곡주와 음양쌍괴가 이 젊은이의 손에 죽지 않았는가?

"흑무곡의 반발은 어쩌려고 그러오?"

"그들이 도발해 온다면 응징해 주면 그만입니다."

장호의 답변은 진심이었다.

독지에 가서 마혈신외공을 익히고 난다면 화경에 오른 절대고수라고 해도 감당할 자신이 있었다.

게다가 일 년 정도의 시간만 지나면 의선문에는 못해도 절정고수가 이백여 명 이상으로 늘어나게 되어 있다.

왜냐하면 이미 일류무사이고 내공도 그럭저럭 가지고 있는 이가 수백여 명이나 되기 때문이다.

그들에게 충분한 내공을 갖추어주고 진기 운용을 수련시키면 절정고수는 반드시 될 수밖에 없다.

절정고수까지는 제대로 체계 잡힌 수련을 한다면 무난하게 도달하기 때문이다.

절정고수 이백여 명.

그것도 모두 궁술을 익힌 자다.

이들과 함께하면 흑무곡이라고 해도 완전히 박살 낼 수 있다고 보았다.

어떻게든 초절정고수와 화경에 이른 절대고수만 막아낸다면 그들의 휘하에 있는 세력을 전멸시킬 수 있기 때문이다.

물론 장호의 생각대로 완전히 좋게 돌아갈 리야 만무하지만, 그렇다 해도 불가능한 일은 아니다.

"허허, 흑무곡이 어떤 문파인지는 알고 있소?"

"흑사칠문의 하나임을 모를 리가 있겠습니까? 게다가 흑무곡은 다른 흑사칠문의 문파와는 다르게 역사가 꽤나 깊다는 것도 알고 있습니다."

"흐음."

역사가 깊다.

그것은 저력이 있다는 의미이다.

무당파만 해도 그 역사가 수백 년. 그런 무당파의 숨겨진 힘이라고 하면 원로원의 노고수들이다.

일대제자 중 생존해 있는 이가 꽤 있고, 이들은 대부분이 초절정의 끝이나 혹은 화경에 올라 있다.

명문 대파에는 그런 원로에 속하는 자가 적어도 세 명에서 다섯 명까지 생존해 있는 것이 보통이니 이들이야말로 명문 대파의 최후의 보루였다.

"걱정해 주셔서 감사합니다. 그러시면 이 일은 무당파의 일로 해주시면 어떻습니까?"

장호의 말은 흑무곡의 소곡주 흑헌제를 죽인 것을 청풍 도인의 공으로 가져가라는 말이었다.

공을 가져간다면 과도 가져가야 한다.

흑무곡과 원수지간이 되는 것이다.

청풍은 대외적인 일을 담당하는지라 그런 사정을 즉시 파악하고 고민했다.

명성을 얻느냐, 실리를 취하느냐.

문제는 여기서 발을 빼는 것도 쉽지 않았다. 무당파를 도운 은인이라고 할 수 있는 이를 궁지에 몰아넣을 수도 있기 때문이다.

"좋소. 장 문주가 그리 말한다면 이 일은 본 파가 감당하겠소이다."

"감사드립니다."

"이 정도의 일은 해야 은원이 정리되지 않겠소?"

"하하하, 은원이라고까지 말할 일이겠습니까."

"장 문주는 어린 나이에 심계가 깊구려."

"과찬이십니다."

장호는 읍을 하며 감사의 인사를 했다.

그리고 그런 장호를 청풍 도인과 전무, 그리고 전화가 주의 깊게 바라보고 있었다.

第十二章

내가 누구인지 알고 습격한 거냐?

정보는 곧 힘이다.
정보의 부재는 곧 죽음이다.

첩보계의 명언

보통 내공을 수련한다고 하면 한자리에 앉아서 외부의 어떤 자극도 받지 않은 상태로 천지자연의 기운을 몸 안으로 받아들이는 것을 뜻한다.

이때 건드리면 기혈이 꼬이거나 역류하여 주화입마에 이르게 되는 일이 비일비재하다.

때문에 내공수련은 절대적으로 안전한 공간에서 하는 것이 보편적이다.

그러나 장호의 선천의선강기는 그런 수준을 넘어섰다.

내단을 만든 그 순간부터 외부적 자극 때문에 기혈이 역류하게 되는 일은 없어진 것.

때문에 장호는 언제 어느 때에도 내공수련을 할 수 있게 되었다.

자면서도, 밥 먹으면서도, 화장실 갈 때도 장호는 내공을 수련할 수 있게 된 것이다!

물론 그 효율은 예전보다 절반 정도밖에 안 되지만, 압도적으로 오랜 시간 동안 내공을 수련할 수 있게 되어 하루에 모이는 내공의 양은 도리어 과거보다 많다고 할 수 있었다.

하루 열두 시진 내내 내공을 수련하니 당연하다면 당연한 일.

그렇게 장호가 하루에 모아들이는 내공의 양은 무려 십 일 치나 된다.

선천의선강기로서는 도저히 모을 수 없는 엄청난 속도다.

물론 내공 증진 보조제의 도움도 크다.

하지만 내단을 완성하지 않았던들 이런 속도는 불가능했을 것이다.

현재 장호의 내공은 삼 갑자 하고도 반이 넘었는데, 이대로 가면 올해를 넘기기 전에 사 갑자에 도달할 것 같았다.

사 갑자가 말이 쉽지 당금 강호에서 사 갑자의 내공을 가진 이는 스무 명도 채 되지 않으니 이는 엄청난 일이라고 할 수 있었다.

게다가 선천의선강기의 특성은 순후함에 있어서 신공절학에 비견해도 뛰어나다고 할 만했다.

그러니 내공 대결로 들어가면 장호를 이길 자가 없다고 보면 되었다.

특히 장호에게는 중면장과 심류장이 있지 않은가?

이것에 격중당하면 상대가 설사 방어를 했다 해도 피해를 볼 수밖에 없다.

이걸 완전히 막아내려면 아예 피하든가, 금강불괴지신을 달성했든가, 극성의 호신강기를 펼쳐야 했다.

그런 장호는 지금 느긋하게 목욕을 하면서 내공을 수련하고 있었다.

어제 무당파를 돕게 된 것 때문에 며칠 정도 더 머물기로 한 것이다.

그 이유는 무당파 도인들의 치료를 위해서다.

청풍 도인을 포함해 다른 이들도 내상을 입었다. 그것은 쉽게 고칠 수 있는 것이 아니었다.

물론 청풍 도인은 경험이 많기 때문에 내공을 다스리는 비법을 알고 있고, 그것을 사용할 줄도 알고 있다.

하지만 그것보다 장호 같은 의원이 도와주면 더 빠르게 치료된다.

그래서 장호가 남은 것이다.

사실 그들은 족히 보름은 정양해야 될 내상을 입었으나 장호가 돕는다면 적어도 삼 일 안에 완치된다.

선천의선강기 때문이다.

부스럭.

목욕을 끝내고 장호는 의복을 입은 다음 밖으로 나왔다.

며칠 만에 하는 목욕이라 그런지 장호의 피부에서 빛이 나는 것 같았다.

장호는 밖으로 나와 우선 청풍 도인의 방으로 향했다.

"치료를 위해서 왔습니다. 계십니까?"

"들어오시오."

문 안쪽에서 소리가 들리자 장호는 안으로 들어갔다.

밤새 운공을 했는지 좌선을 하고 있는 청풍 도인이 보였다.

"잘 부탁하오."

"그럼……."

장호는 즉시 그에게 다가갔다.

어제도 치료를 했기 때문에 별다른 말은 필요 없었다. 등에 손을 대고 내기를 불어넣어 내상을 치유하였고, 반 시진 정도의 기공 치료 후 장호는 손을 떼었다.

"청풍 도인께서는 내공이 심후하여 금세 치유되는 것 같습니다. 오늘 오후면 완치가 될 듯합니다."

"허허허, 이 은혜는 잊지 않겠소이다."

"별말씀을. 정 은혜를 갚으시려거든 본 문의 내상 약을 대량으로 구입해 주시면 감사하겠습니다. 어제 드셔보았으니 아시겠지만 효과가 좋습니다."

"그런 것을 돈만으로 구할 수 있다면 도리어 본 파가 더 감사해야 하지 않겠소?"

"별말씀을 다 하십니다."

장호는 너스레를 떨었고, 인사를 한 후에 방을 나섰다.

다음은 제자들 차례다.

장호는 전무를 비롯한 제자들의 방을 주욱 돌고서 마지막으로 전화의 방에 도착했다.

"들어가도 되겠소?"

"네, 들어오세요."

전화의 말에 장호는 문을 열고 안으로 들어갔다.

그러자 깨끗하게 씻고서 기다리고 있는 전화를 볼 수 있었다.

다른 이들과는 확실히 다르긴 달랐다.

다른 이들은 씻지도 않고 내공부터 치료하고 있는데, 그녀는 장호가 온다니 씻고 기다리고 있었던 것이다.

여성은 여성이라는 건가.

장호는 속으로 쓰게 웃으며 안으로 들어섰다.

"전화 여도사는 상태가 많이 나아진 모양이오."

"장 문주님이 치료해 주셔서 많이 나아졌어요. 그래도 아직 다 나은 건 아니지만요."

"당연히 그럴 것이오. 그러고 보니 명문 대파에서는 일부러 내상을 입었다가 스스로 치료하는 훈련이 있다던데 사실이오?"

장호의 질문에 그녀는 고개를 끄덕인다.

"그럼요. 그런 수련도 해요. 나중에 위급할 때를 대비해서지요."

"그렇구려. 자, 좌선을 하고서 등을 돌려주시오."

"네."

전화는 냉큼 몸을 돌린다.

장호는 그녀의 등에 살포시 장심을 가져다 대었다.

전화가 몸을 움찔하는 것 같았지만 장호는 신경 쓰지 않았다.

애초에 외간남자의 손이 등에 닿으면 여자들은 놀라게 마련이다.

스스스스.

장호의 선천의선강기가 그녀의 몸 안으로 들어갔다.

기감력이 극대화되어서 기를 통해서 손으로 만지는 듯 느낄 수 있는 장호다.

그런 장호의 선천의선강기가 그녀의 몸 안으로 스며들면

서 그녀의 몸 전체를 어루만지고 내상을 치료해 나갔다.

장호는 그 때문에 기분이 좀 묘했지만 내색하지는 않았다.

그런데 장호가 슬쩍 보니 전화의 목이 붉어져 있다. 그리고 바르르 떤다.

장호는 동시에 느꼈다.

전화는 성적으로 흥분하고 있었다.

장호가 선천의선강기를 불어넣고 그것으로 내부를 어루만지자 기감적으로 느끼고 있는 것 같았다.

'이거 위험한데.'

장호는 적당히 상처를 치료한 다음 그대로 손을 떼었다.

"하아……!"

그녀가 분홍빛 한숨을 내뱉는다.

장호는 고개를 슬쩍 흔든 다음 뒤로 물러섰다.

"자, 치료는 거의 다 되었소. 남은 것은 스스로 고치기 바라오."

장호는 어떤 일이 벌어질지 몰라서 우선은 재빠르게 도망쳐 버렸다.

"후우, 이거 참 별일이 다 생기네."

장호는 방문을 나오면서 식은땀을 닦아냈다.

장호라고 해서 고자는 아니다. 과거에는 여색을 제법 즐겼다.

그러나 현생에 와서는 그런 적이 없다.

사실 너무 바빠서 그런 것이다.

잠도 안 자고 하루 종일 수련과 문파 운영에 시간을 보냈으니 당연한 일이다.

지금도 바쁘다고 운남까지 쭈욱 달리고 있지 않은가?

그리고 사실 그 바쁘다는 이유로 전화와 엮이지 않으려는 것이기도 했다.

그녀는 무당파의 직전제자다.

무당파의 경우 결혼을 하게 되면 환속하고 속가제자로 바꾸고는 한다.

다만 속가제자가 된다고 해도 다른 지역에 나가서 가문을 열 수는 없다.

무당파 소속으로 무당파 내에서 거주해야만 한다. 무공이 퍼지는 것을 막기 위함이다.

물론 속가제자라고 해도 항렬이 사라지는 것은 아니며 무당파의 여러 가지 일에 동원된다.

그럴 수밖에 없는 것이 속가제자라고는 하지만, 직전제자랑 별다른 취급을 받지 않으니 당연한 일이었다.

물론 더 이상 고급의 무공을 전수받지 못하는 것이 단점이다.

그리고 직전제자에 비해서 외부에 나가서 해야 하는 일이 늘어난다.

여하튼 그런 무당파이다 보니 연애도 자유롭게 한다.

하지만 장호는 그런 제약을 받고 싶은 생각이 없었다.

그리고 전화가 예쁘다고는 해도 장호의 취향은 아니었다.

애초에 처음 만난 사람이니 매력적이라고 느낄 시간도 없었다.

"오늘이면 치료는 끝이 나니 내일이면 떠날 수 있겠지?"

장호는 날짜를 계산해 보고서 아래층으로 내려갔다. 출출했다.

*   *   *

"몸 보중하시오."

"청풍 도인께서도 몸 보중하십시오."

포권을 해 보이고 장호는 말에 올랐다. 무당파 일행도 말에 올라탔고, 그들은 그렇게 헤어졌다.

장호는 바로 말을 달려나갔다.

무당파 사람들을 우연히 구해주게 되었지만, 그것은 그리 특별한 일은 아니다.

장호는 예전에도 길거리에서 만난 위급한 이들을 치료해 주고는 했으니까.

그건 전생에서도 했던 일이다.

그 때문에 맺은 인연도 제법 있을 정도이다.

여하튼 무당파 일행을 구해준 일은 사실상 장호에게는 가벼운 일이었다.

게다가 흑헌제를 죽인 것도 즉흥적인 일이었다.

미래에 화경의 경지에 도달해서 황밀교의 편에서 싸우는 자를 미리 제거한 것에 불과했다.

흑무곡이 지금 움직인다고 해보았자 의미는 없다.

그들 정도는 이길 수 있다.

물론 피해가 제법 있을 것은 당연한 일이다.

하지만 시간이 더 주어진다면 별 피해 없이 흑무곡을 멸문시킬 수 있을 거라고 장호는 계산했다.

그리고 장호가 먼저 흑무곡을 선제공격하면 지금도 별 피해 없이 무너뜨릴 수가 있다.

애초에 화경에 이른 이들은 엉덩이가 무겁다.

그러니 그들이 움직이기 전에 적어도 절반 정도는 없애 버릴 자신이 장호에게는 있었다.

독을 쓰고 환영신보를 사용한다.

그러면 적어도 절정 이하의 무인은 순식간에 수십여 명을 쓰러뜨릴 수가 있지 않겠는가?

'후후후, 어렵지 않아. 어렵지 않지.'

장호는 그리 생각하면서 거룡을 타고 계속 남하했다.

이대로 장강으로 가서 배를 타면 장호는 할 일이 끝난다. 배를 타고 주욱 내려가 운남에 가면 그만이기 때문이다.

장강까지는 이제 며칠 남지 않았다.

특히 거룡과 함께 주욱 달려나간다면 대략 삼 일이면 장강의 포구에 도착할 것이다.

두두두두두!

양양을 벗어나 장호는 주욱 내달렸다.

그렇게 관도를 따라 달리던 중간, 장호의 두 눈이 꿈틀했다.

쐐에엑!

사방에서 짓쳐드는 화살 공격.

게다가 화살에는 미약하지만 공력도 실려 있어 보통의 화살이 아니라는 것을 알 수 있었다.

장호는 말을 탄 상태로 두 손을 들었다.

허벅지로 말 등을 꽉 잡으면서 두 손을 들어 내공을 옷에 불어넣었다.

부우우!

옷을 외공처럼 사용할 수 있는 공능을 가진 용린갑. 옷에 내공을 불어넣자마자 그것이 부풀어 올라 사방에서 날아온 화살을 그대로 쳐내었다.

자신이야 사실 그냥 화살을 맞아도 상관없지만 거룡은 아니기 때문이다.

'누가 나를 공격하고 지랄이야?'

장호는 눈을 찌푸리면서 이대로 돌파할 것인가, 아니면 습격한 이들을 상대할 것인가 고민했다.

하지만 화살을 쏜 이들이 잡아드시라며 밑으로 내려올 리도 만무하다.

그렇다면 그냥 갈까?

그러나 장호는 그럴 수가 없어졌다.

사방에서 일단의 무리가 나타난 것이다.

애초에 활을 든 이도 별로 없었다. 그리고 화살도 별로 없어 보였다.

화살을 날린 것은 살상이 아닌 말을 쓰러뜨릴 용도였나 보다.

하기야 내기가 조금 서린 화살이라지만 일류고수만 되어도 그 정도 화살에 쓰러질 정도는 아니었다.

장호가 거룡을 멈추고 다가오는 자들을 보니 그 수가 스물 정도 되었는데, 그들 중 두 명이 절정고수였다.

'이거 어디서 많이 본 구조인데?'

황밀교에 속한 이들이 보통 이런 식으로 움직인다는 것 정도는 알고 있는 장호이다.

이들은 황밀교의 암습자인가?

하지만 겨우 이 정도 숫자로 나에게 덤벼들다니.

장호가 고개를 갸웃하는데 그들이 점차 다가오며 검을 뽑아 드는 것이 보였다.

말도 없이 검을 뽑아 드는 모습을 보면서 장호는 피식 웃었다.

"그래, 암살자가 무슨 말이 필요할까?"

장호는 거룡의 엉덩이를 철썩 때렸다.

"안전한 곳에 가서 기다려!"

히히히힝!

거룡은 크게 소리를 내지르더니 엄청난 속도로 달려나가기 시작했다.

거룡은 경공의 고수라도 따라잡기 어려운 속도로 달려나갔고, 장호는 그 순간 거룡의 몸에서 뛰어올랐다.

휘리릭.

허공에서 몸을 빙글 돌리면서 장호는 품안에 손을 넣었다가 뺐다.

전광석화처럼 빠르게 손을 집어넣었다가 뺀 장호의 손에는 쇠구슬이 각기 십여 개씩 들려 있었다.

우탄공(雨彈功) 오초식(五招式) 뇌우비탄(雷雨飛彈).

콰르르릉!

뇌우비탄은 번개와 비가 동반되면서 탄환이 날아든다는 의미의 초식이다.

내공을 쇠구슬에 불어넣어 던진다기보다는 폭발시켜 날려보내는 무공으로 그 위력은 어마어마했다.

변화는 전혀 없지만 속도는 전광석화 같아서 화살보다도 빨랐고, 그 쇠구슬에 내기를 얼마나 불어넣었느냐에 따라서 그 위력도 천차만별이었다.

쐐에에엑!

스무 개의 쇠구슬이 사방으로 비산했다.

장호가 급히 끌어 올린 선천의선강기 사십 년의 내력이 쇠구슬에 분산되어 담겼다.

쇠구슬 하나당 적어도 이 년의 공력이 실린 것이다. 그것은 쉽게 볼 수 있는 수준의 공격이 아니었다.

당연하지만 검을 들고 다가서던 자 모두가 깜짝 놀라며 검을 치켜들었다.

따다다당!

"크아아악!"

몇 명은 겨우겨우 검을 들어 장호의 공격을 막아냈지만, 그럼에도 몇 명은 전부 막아내지 못하고 공격을 허용하고 말았다.

검을 때린 쇠구슬이 궤도를 바꿔가면서까지 나아갔고, 본래 목표로 한 곳이 아닌 허벅지나 어깨 쪽으로 방향이 틀어지면서 박혔기 때문이다.

스무 명 중 열두 명이 부상을 입고 뒤로 물러섰다.

또한 그것이 끝이 아니었다.

그들은 그와 동시에 부상을 입은 부위를 부여잡으며 식은 땀을 흘리기 시작했다.

선천의선강기의 진기가 몸 안으로 파고들었기 때문다.

이를 해소하려면 적어도 세 배의 공력을 운기요상하는 데 사용해야 했다.

즉, 그들은 이제 전투 불능이나 마찬가지인 셈이다.

남은 것은 여덟 명뿐.

장호는 바닥에 착지한 다음 그들을 보며 히죽 웃었다.

"어디서 온 놈들인지는 모르겠지만… 니들, 내가 누군지는 알고서 습격한 거냐?"

장호의 말에 복면인들은 검을 든 채로 경계만 할 뿐 제대로 다가서지도, 말을 하지도 못했다.

"이야, 훈련을 제대로 받았는데그래? 너희들, 제법이야. 말도 없고. 나를 반드시 죽이겠다는 의지가 아주 넘쳐나. 그러나 이를 어쩌나? 내가 이래 뵈도 초절정이야. 즉 죽는 건 말이지."

장호가 발을 슬쩍 들어 올렸다.

"너희가 될 거다!"

콰앙!

발을 내리찍으며 내공을 사용하자 땅에서 먼지가 피어올랐다.

그 먼지에 의해 시야가 흐릿해지는 순간 장호는 즉시 환영진기를 끌어 올려 스스로의 몸을 가려 버렸다.

환영진기는 자신의 몸을 가리는 아주 독특한 무공.

물론 이걸 두른 채로 움직이는 것은 아직 불가능하다.

그러나 장호가 제자리에 가만히 서 있으면 적의 주의를 돌릴 수가 있었다.

그리고 먼지가 가라앉은 후 장호의 예상은 적중했다.

"사라졌다?"

"찾아라! 놓쳐서는 안 된다! 부상자는 자력으로 귀환하…컥!"

그리고 허둥지둥하면서 장호에게서 등을 돌린 그들에게 장호는 무자비하게 암습을 가했다.

암탄지공.

무음무형의 내기가 근거리에서 빠르게 쏘아져 절정고수로 짐작되는 복면인들의 우두머리의 뒷목을 뚫어버렸다.

절정고수 둘은 그대로 절명했다.

남은 이들이 경악한 사이에 장호의 환영진기도 사라져서

원래 자리에 장호의 모습이 드러났다.

"사, 사술?"

"쳐, 쳐라!"

살아남은 이들이 당황하면서 달려들었지만, 그것은 제대로 손발이 맞지 않는 어설픈 공격이었다.

장호는 그들을 향해 손을 휘둘렀다.

푸푸푹!

일류무사에 불과한 그들은 무음무형의 지풍을 알아차리지도, 피하지도 못했다.

그리고 그대로 달려들던 이 전원이 절명했다.

살아남은 이는 최초 우탄공에 맞아 비틀거리고 있는 자들뿐.

장호는 그런 그들을 보면서 웃어 보였다.

"자, 그러면 질문 시간인데… 너희, 어디 소속이냐?"

장호의 미소는 평범했지만 그것이 더 공포스럽게 보였다.

＊　　　＊　　　＊

장호는 고문 같은 것은 잘 못한다. 그런 것을 배워본 바가 없기 때문이다.

당연하다면 당연한 일이다.

단지 고통을 주는 것만이 고문이 아니다. 육체의 고통과 함께 정신도 확실히 무너뜨려야 한다.

그래서 장호는 고문을 잘 못한다.

그래도 육체에 효과적으로 고통을 주는 일 정도는 할 수 있었다.

그는 의원이니까.

그렇게 몇 명에게 고통을 준 끝에 장호는 그들의 소속을 알아낼 수 있었다.

흑사칠문의 하나인 살검문의 검수가 바로 그들의 정체였다.

흑사칠문.

해사방, 흑무곡, 살검문, 오독문, 시령각, 혈도파, 요화궁, 이렇게 일곱으로 이루어져 있으며 다들 사이하고 기괴한 무공을 가진 것으로 유명했다.

해사방은 규모면에서 가장 크고 다른 이들은 그 수가 좀 적다.

다만 흑무곡은 음공을 사용하고 살검문은 살수의 무공을 사용했다.

오독문은 독공을, 시령각은 강시와 제령술을 사용했고, 혈도파는 각종 사술에 능했다.

요화궁의 경우에는 채음보양의 수법을 주로 하는 자들로

서 어찌 보면 여이빙과 비슷한 무공을 주로 사용하는 문파라고 보면 되었다.

여하튼 살검문의 무인들이 갑자기 장호를 습격했는데, 습격한 이유가 가관이었다.

정파로 보이는 이들은 무조건 살해하라는 명령을 받았다나?

이게 대체 무슨 개소리지?

장호는 그리 생각할 수밖에 없었다.

장호는 일단 그들 전원을 죽이고 그들의 주머니에서 은자를 꺼내어 챙겼다.

부자가 된 지금에도 바뀌지 않는 자신의 모습에 장호는 잠시 쓰게 웃었다.

'그래, 내가 어디 가겠냐?

장호는 잠시 그렇게 생각했다.

흑사칠문의 흑무곡이 움직였다.

그것도 흑무곡의 소곡주가 직접 나섰고, 청풍 도인을 죽이려고 했다.

그들의 행동은 아무리 좋게 봐줘도 계획된 것이 아니겠는가?

그런데 길을 가던 중에 이번에는 살검문의 무리를 만났다.

이게 무엇을 의미할까?

"용봉비무대회를 망치거나, 혹은 용봉비무대회를 틈타서 정파의 후기지수들을 다수 죽이려는 것이군."

꽤나 치졸하지만 효과적인 수단이다.

후기지수를 다수 잃으면 적어도 정파는 오 년에서 십 년의 시간을 잃어버리게 된다.

이제 구 년 후면 황밀교가 일어설 것이니 지금의 이러한 계책은 꽤나 효과적이라고 보아야 했다.

그리고 보면 지금 장호가 운명을 또다시 바꾼 것이다.

흑헌제를 죽이지 않았는가?

전무야 여기서 죽지 않을 운명이었지만 흑헌제도 마찬가지다.

음양쌍괴도 그러하고.

"아니, 아니지."

생각해 보면 흑헌제가 이곳에 나타난 것도 어쩌면 장호 때문일 수도 있었다.

장호가 산서성에서 꽤나 많은 것을 바꾸어놓았지 않았는가?

특히 황녀를 구했고, 소림 제일 속가의 금련표국도 구하였다.

이미 그때부터 미래는 바뀌었다고 보아야 한다.

게다가 산서성을 거의 장악하고 있는 의선문의 빠른 성장도 문제.

분명 전생에서도 용봉비무대회를 기점으로 습격이 있긴 했을 것이다.

장호는 그 당시에 운남의 독지에 가 있었으니 잘 몰랐지만, 여하튼 이것은 이미 역사의 흐름이긴 했다.

문제는 그 세부적인 내용이 어떻게 바뀌었느냐이다.

흑헌제는 죽었고, 음양쌍괴도 죽었다.

그리고 살검문의 절정고수 두 명을 장호의 손으로 죽였으며, 열여덟 명의 정예무사로 보이는 이도 죽였다.

"이왕 이럴 거라면……."

장호는 고개를 돌렸다. 그리고 시체가 된 살검문도들을 보았다.

"큿, 큿큿."

장호는 살검문도의 시체 냄새를 맡았다. 그의 후각은 이미 짐승의 것이나 다름없기 때문이다.

"흐음."

장호는 향을 기억했다.

"좋아, 가볼까. 아, 그전에 먼저, 삐이이이익!"

장호가 휘파람을 길게 불었다.

일각이 지나자 저 멀리서 거룡이 두두두두 소리를 내면서 달려오는 것이 보인다.

히히히힝!

"오냐오냐."

장호는 거룡의 등에 올라탔다. 그리고 그대로 다시금 양양을 향해 내달리기 시작했다.

第十三章

너희는 아주 지독한 질병이다

인간은 질병에 연약하다.

때문에 지혜와 지식으로 질병을 대해왔다.

의학의 발전은 그 때문에 일어났고,

인간의 평균 수명은 무척이나 길어졌다.

그러나 그것이 과연 좋은 일인지는 알 수가 없다.

인간의 입장에서야 좋으나,

세상의 입장에서도 과연 좋을까?

어떤 이의 시각

의원귀환

사사삭.

장호는 운행신보를 펼쳐 빠르게 내달렸다.

경공수련은 시간상 오랫동안 한 적이 없음에도 장호는 제법 빠르게 이동하였다.

장호의 육체 수준은 이미 인간을 초월하여 그 속도는 평범한 말이 달리는 것과 비슷할 지경이다.

일 보에 무려 오 장을 뛴다.

초월적인 육체와 막대한 내공, 그리고 경공이 합쳐진 결과다.

엄청난 속도로 움직인 장호는 자신이 살검문도를 죽인 자리에 도달해 있었다.

그리고 히죽 웃었다.

"흐흐, 이놈들이 왔다 갔군."

거룡이 마음에 걸려 양양의 한 객잔에 거금을 주고 맡기고 왔다.

물론 양양까지 갔다 오는 데 불과 세 시진밖에 걸리지 않았으니 오랜 시간이 걸린 것도 아니다.

장호는 그렇게 갔다 온 사이 살검문도의 시체가 사라진 것을 보고 웃고 있는 것이다.

적들이 다녀갔다.

그렇다면 흔적이 남았을 터.

휙, 휙, 휙.

장호의 시선이 좌우로 돌아가고, 킁킁거리면서 코를 움직였다.

"이쪽이로군."

히죽 웃은 장호는 한쪽으로 몸을 날렸다. 그리고 가능한 소리를 죽이고서 이동을 시작했다.

흔적을 따라서 주욱 달린다.

그리고 불과 한 시진쯤 움직였을 때, 장호는 상당한 숫자의 무리를 발견했다.

아직은 해가 떨어지지 않은 시각.

장호는 즉시 근처에 내려서서 환영신보의 환영진기를 끌어 올렸다.

그리고 풍경과 동화되어 자신의 모습을 감추었다.

슬쩍 모여 있는 이의 수를 보니 무려 사백이나 되는 것을 알 수 있었다.

'사백이라…….'

척 보니 이류무사는 하나도 없었다.

절정의 경지로 보이는 이도 사십여 명 정도 되었고, 개중에는 장호로서도 기도를 짐작하지 못할 자가 있었다.

초절정의 경지이거나 화경의 절대고수라는 의미이다.

'저자는 좀 위험하군.'

지금 장호가 은신하여 살펴보고 있는 곳은 모여든 자들에게서 약 이백 장가량 떨어진 산의 중턱이었다.

지금은 장호의 시력이 선천의선강기에 의해서 크게 증진하여 매보다도 더한 시력을 가진 상태이기에 이렇게 훔쳐보는 것이 가능했다.

다만 소리는 들리지 않는다.

아무리 장호의 귀가 밝다고는 하지만 이백 장 정도 거리면 중간에 바람이나 벌레 소리 때문에 잡음이 끼기 때문이다.

장호는 그들을 보다가 기척을 완전히 지우고 아주 슬금슬금 움직였다.

움직이면 환영진기가 깨어지기 때문에 환영진기를 거두고 몰래 움직였다.

그렇게 다가가기를 한참, 조용히 다가가던 장호는 약 사십 장 거리에서 멈추어 섰다.

소리가 들리기 시작했다.

'더 다가갈까?'

장호는 수풀을 조심조심 헤치면서 다가갔다.

그리고 결국 이십 장 거리에서 멈춰 서서 환영진기를 끌어 올려 은신했다.

"언제까지 기다려야 하는 거지?"

"조용히 해. 말 잘못하다 목 잘리고 싶냐?"

"아니, 그건 싫지만……."

복면을 쓴 자들이 두런두런 말하는 것이 들렸다.

장호는 그 목소리를 듣고서 히죽 웃었다.

'제대로 자리를 잡았군. 자, 그러면 누가 우두머리냐? 언제 흩어질 거냐?'

장호는 이들이 흩어지기를 기다리고 있었다.

그때가 사냥의 순간이다.

그리고 사냥을 끝내면 보상이 기다리고 있으리라.

황밀교를 방해하고 시간을 번 데 대한 보상을.

적을 약화시키고 나를 강하게 만든다.

시간은 내 편이다.

장호는 그렇게 생각하면서 무리를 주시했다.

"조용."

웅웅.

내기가 공기를 흔들었다.

장호는 그 목소리에 환영진기가 흔들리는 것을 느끼며 진기를 슬쩍 더 끌어 올렸다.

그리고 고개를 들어 조금 높은 바위 위에 올라선 자를 바라보았다.

냉막한 인상의 노인이다.

장호는 그가 누구인지 알고 있었다.

황밀교의 십육장로 중 한 명.

황밀교의 십육장로는 모두가 화경에 이른 이들이다.

이들 위로 사대호법이 있었는데, 이들 역시 당연히 화경에 이르렀다.

도합 스무 명의 화경에 이른 자가 포진한 곳이 바로 황밀교인 것이다.

이 정도면 명문 대파 세 개 정도를 합해야 겨우 동수를 이룰 정도이다.

그리고 장호는 전면에 나선 저 노인을 알고 있었다.

혈사독군 사마공!

본래 오독문 출신인 그는 오독문주의 스승이기도 했다.

제자에게 오독문을 물려준 이후 황밀교에 투신한 것인지, 아니면 본래부터 황밀교의 사람이었는지는 불분명하다.

여하튼 저 작자 때문에 오독문이 황밀교에 속하여 싸우게 된다.

문제는 저 작자의 독공이 무시무시하게 지독하다는 데 있었다.

'지금의 내 능력으로는 막을 수 없겠군.'

장호는 속으로 그런 계산을 했다.

비록 선천의선강기가 독에 엄청난 저항력을 가지고 있고, 내단을 이루어 과거와 비교도 할 수 없는 능력을 얻었다지만 저 사마공도 보통이 아니라는 게 문제였다.

사마공이 황밀교의 난에 출현할 당시 가지고 있던 내공은 무려 사 갑자를 넘었고, 그는 이미 독인지체를 이룬 자이기도 했다.

또한 외공도 제법 수련하였는지 검기에는 조그마한 상처만 입는 수준의 신체를 가지고 있었다.

그 홀로 무림맹의 방어선을 박살 내고 유린한 적이 몇 번이나 있으니 어마어마한 자라고 해야 했다.

게다가 독도 지독해서 대인전에서도 뛰어난 실력을 발휘

했다.

그 독을 이겨낼 수 있는 자가 아니라면 그를 상대하는 것 자체가 무척이나 힘들다고 보아야 했다.

이번 일은 그가 지휘하는 것인가?

아니, 그뿐만이 아닐 것이다. 다른 이들도 분명 나섰을 터다.

"기재 사냥이 순조롭게 이루어지던 중 예측하지 못한 상황이 발생했음을 알 것이다."

사마공의 말에 주위가 조용해진다.

"이는 작전의 진행을 위한 걸림돌이니 즉시 조치를 취해야 한다. 때문에 본 교의 무인들이 너희와 함께할 것이다. 이제부터는 오십 인이 일 대를 이루어 움직인다. 그 이하의 수로는 절대 움직이지 말고 천라지망을 유지하도록."

겨우 사백여 명 가지고 천라지망을 유지한다니?

장호는 그 말을 듣고 즉시 한 가지 사실을 깨달았다.

이들 외에도 더 있다. 그것도 몇 배나 더.

'흐음. 그러면 여기서 내가 몇 명이나 죽여야 하나?

장호는 속으로 그런 계산을 했다.

대충 이백여 명 정도만 죽여도 이들의 행동에 큰 구멍이 뚫린다.

이백여 명의 일류무사만 없애 버리는 것은 장호에게 시간이 오래 걸리는 일일 뿐 그리 어려운 일은 아니기 때문이다.

이백여 명의 일류무인이 한군데 모여 있다면 단번에 다 죽일 수도 있을 정도이다.

"일대의 대주는 금련필, 이대는 두연하, 삼대는 탁마륵, 사대는 부지하, 오대는 공승지. 이상이다. 모두 각자의 작전 지역으로 흩어지도록!"

"존명!"

사백여 명의 인물은 각기 소리를 지르더니 사방으로 흩어졌다.

장호는 그들의 경공이 눈에 익다는 것을 깨달았다.

살검문뿐만 아니라 오독문도 여기에 왔다. 그리고 흑무곡도, 황밀교의 전력도 같이 있다.

"우리는 돌아간다."

"예, 장로님."

장로 사마공은 그의 직속 수하와 함께 어디론가 이동했다.

장호는 그 모습을 물끄러미 보다가 아까 움직인 이들 중 한 곳을 향해 움직였다.

세상을 도탄에 빠뜨리려는 너희는 아주 지독한 질병이지.

그러니 내가 너희를 제거해서 천하를 고치마.

왜냐고?

나는 의원이니까.

장호의 신형이 폭사되어 나갔다.

*　　　*　　　*

"소곡주를 살해한 자는 아직 못 찾았나?"

"아직 그 흔적을 찾지 못했습니다. 분명 양양에서 남쪽으로 사라진 것은 확인했습니다만."

"반드시 찾아야 해. 그러지 않으면 너희와 나의 목이 온전치 못할 것이야."

"속하도 뼈저리게 느끼고 있습니다."

복면인 몇 명이 대화를 나눈다.

오십여 명으로 이루어진 이들은 기실 흑무곡의 무인이었다.

음공을 주로 하는 흑무곡.

그러나 검법이나 장법 같은 다른 무공이 없는 것은 아니다.

도리어 그런 무공에 음공을 접목시켜서 독특하고 살상력 높은 무공으로 탈바꿈시켰다.

그런 흑무곡 무리의 우두머리는 장로 사마공에게 대주로 임명된 부지하라는 자였다.

그는 탈음살도라는 도법을 익혔는데, 그의 도는 넓이가 일 척이나 되는 무척이나 두툼한 대도였다.

그 칼등에 방울이 몇 개 달려 있어서 이것들이 움직이면서 적을 혼란케 하는 음공을 사용한다.

그는 흑무곡에서 서열 이십 위에 오른 고강한 무인.

하지만 흑무곡주는 대단히 냉혹한 자로 실수를 용납하지 않았다.

그의 아들이 죽었다는 사실을 알게 되면 아무리 부지하라고 해도 목이 달아날 수가 있었다.

최소한 소곡주를 해친 자가 누군지 알아내야만 했다.

그러나 지금은 개별 행동을 할 수가 없다. 때문에 그는 은밀히 수하를 시켜 흑무곡 사람들을 더 불러들였으며, 하오문에도 의뢰를 해놓은 상태였다.

이번 작전이 끝나고 나면 상대에 대한 정보를 알 수 있으리라.

"그런데 교에서 나왔다는 저자는 어떻게 대해야 합니까?"

"그는 말도 하지 않을 것이고, 적이 보이면 죽이기만 할 자다. 금제에 걸려 있으니 신경 쓰지 마라."

부지하의 말에 수하는 고개를 끄덕였다.

"알겠습니다."

"작전은 이미 시작되었다. 위선자 놈들의 제자들을 모조리 주살해야 하니 방심해서는 아니 된다."

"예."

그들은 그렇게 말하며 빠르게 움직였다.

그러나 그들은 뒤에 누군가가 따라붙었다는 사실을 알 수 없었다.

그리고 밤이 왔다.

그들은 적당히 자리를 잡고 야영을 시작했다.

어둠 속에서 그런 그들을 바라보고 있던 누군가가 희미하게 웃었다.

푹, 털석.

자고 있던 누군가가 소리도 없이 쓰러졌다.

그리고 그 옆에서 자고 있던 자 역시 소리 없이 고개를 떨구었다.

그때다.

휴식을 취하고 있던 무리 중에서 한 명이 벌떡 일어섰다.

"습격이다."

쇠를 긁는 듯한 목소리.

그런 목소리를 낸 자는 교에서 나왔다는 인물이다.

그는 말과 함께 검을 빼 들었고, 아직 잠들지 않았던 부지하는 무슨 소리를 하는 건지 이해할 수 없다는 눈빛으로 일어나 그를 바라보았다.

교에서 나온 이는 그동안 단 한 마디도 하지 않았었다. 금제 때문이라고 들었는데 말을 할 수 있지 않은가?

물론 목소리가 끔찍하게 듣기 싫은 소리이기는 했다.

그런데 습격이라고?

부지하가 그를 바라보는 그 순간에도 몇 명의 복면인이 고개를 떨구고 즉사했다.

그리고 그 즉사한 기척을 그제야 느낀 부지하가 버럭 소리를 질렀다.

"습격이다! 습격이다! 일어나라!"

그가 소리를 지르자 사람들이 벌떡 일어났다.

그러나 그 순간에도 몇 명은 다시금 습격을 받았고, 부지불식간에 벌써 열여섯 명이 즉사했다.

그들의 이마와 목에는 짧은 비수가 깊이 박혀들어 있었다.

암기다!

"누구냐!"

부지하, 그는 초절정에 이른 자다.

흑무곡에서 서열 이십 위에 들어간다는 것은 초절정이 아니라면 불가능한 일이었다.

그것도 보통 초절정이 아니다.

초절정의 끝에 이르러 있어서 그 무위는 소곡주 흑헌제보다도 뛰어나다고 볼 수 있었다.

그가 뒤늦게 알아차릴 정도로 은신에 능한 습격자라니?

따라라라랑!

그가 도를 꺼내 들고 흔들었다.

그러자 소리가 사방으로 퍼져 나가며 그의 귀가 팔랑거리고 움직였다.

흑무곡의 비전 중 하나인 천음이(天音耳)라는 수법이다.

소리를 퍼뜨리고, 그 소리를 통해서 은신한 상대를 찾아내는 무공.

그리고 동시에 그는 상대가 은신한 곳을 찾아냈다.

"거기냐!"

타탓!

마치 비룡처럼 날아오르며 도를 휘둘렀다.

음공과 함께 강렬한 도기가 허공을 격하고 반월의 모양으로 날아간다.

스팟!

그러자 그가 공격한 나뭇가지에서 무언가가 빠르게 뛰쳐 나왔다.

"하하하하하! 이거 참, 재미 보고 있었는데 쉽지가 않군그래."

그리고 복면조차 하지 않은 젊은 미장부가 한 명 나타나 지상에 내려섰다.

"누구냐?!"

"나? 소곡주를 죽인 사람. 그리고… 너희를 죽일 사람."

미장부에게서 살기가 폭사되었다.

*　　　　*　　　　*

장호는 운이 아주 좋다고 생각했다.

그렇지 않아도 흑무곡의 소곡주를 죽인 김에 그쪽의 무인을 다수 죽이면 좋겠다고 생각한 참이기 때문이다.

물에 빠진 적은 빠져나오기 전에 두드려 패라.

그런 격언이 강호에는 존재한다.

무공의 무리 중에는 이런 것도 있다.

선수추타.

먼저 때리고 이어서 계속 때린다.

즉 상대에게 쉴 틈이나 방비할 시간을 주지 말라는 의미다.

이런 게 그런 경우다.

이미 흑무곡은 소곡주가 죽었다.

초절정의 경지에 이른 그가 죽은 것이다.

그리고 그 옆에는 흑무곡의 봉공이라는 초절정고수 음양쌍괴가 있었다.

초절정고수만 세 명이 죽은 것이다.

거기에 이 눈앞의 무인도 초절정의 고수로 보인다.

이 작자까지 죽이면 적어도 흑무곡의 주 전력의 이 할은 날아간다고 보아야 했다.

거기에 더해 흑무곡의 정예로 보이는 자들까지 죽인다면?

아마 흑무곡의 전력 이 할 오 푼은 사라진다고 보면 될 것이다.

전력 이 할 오 푼을 다시 만들려면 못해도 몇 년은 걸리니 제법 큰 타격이다.

물론 장호는 이들만 죽일 생각은 없었다.

다른 습격자들도 찾아내서 하나둘 죽여 버릴 생각이다.

전생이었다면 꿈도 못 꾸고 내단을 완성하기 전이라면 엄두도 못 낼 일이다.

그러나 지금은 가능했다.

내단을 이루고 삼 갑자 하고도 반 갑자에 이르는 선천의선 강기를 가진 지금이라면.

"부지하라고 했나? 그러고 보니 들어본 것 같아. 흑무곡의 도무단주라고 했지, 아마?"

하오문과 개방에서는 천하에 산재한 여러 문파에 대한 정보를 매달 정리해서 보내주곤 했다.

이름이 제법 알려진 문파의 간부나 사람들의 간략한 정보가 수록된 책이다.

장호는 거의 매달 그것을 받아보았다.

기억력이 원체 좋아진 장호다 보니 흑무곡의 간부들 이름과 그들의 주 무공이 뭔지 정도는 알고 있었다.

부지하.

흑무곡 도무단주.

서열 이십 위.

주력 무공 탈음살도.

탈음살도는 음공을 섞은 도법으로 상승 절학임.

이 정도가 전부지만 이것만으로도 어디인가?

"너는 누구냐?"

"글쎄. 살아난다면 내 얼굴 가지고 수소문해 보시든가. 하지만 살아날 수 있을까?"

그리고 이 어둠 속에서 내 얼굴을 제대로 기억이나 할 수 있을까?

장호는 그렇게 생각하며 손을 들었다.

그의 내공은 현재 완전하다. 아까 복면인들을 죽인 공격은 내공을 사용하지 않고 순수 근력으로 한 공격이었다.

아주 조그마한 소리 외에는 나지 않았던 것.

애초에 장호의 근력은 인간의 범주를 넘어섰기에 가능한 공격이었다.

그리고 지금도 내공은 충만하다.

남은 전원을 쓰러뜨리는 데 쓸 만큼 말이다.

"자, 그러면 숨바꼭질을 해보자고."

그리고 장호는 그런 이들을 일별하고 뒤로 물러나 달리기
시작했다.

정면으로 충돌해도 모두 죽일 수 있다고 생각하지만 굳이
그럴 필요가 있겠는가?

암습으로 하나하나 처리해 줄 것이다.

第十四章

사냥

사냥은 맹수에 속하는 동물이라면 모두가 다 하는 행동이다.

육식을 하는 짐승은 모두 사냥에 특화된 신체적 특징을 가지고 있다.

인간도 그러하다.

사냥을 위한 두뇌를 가졌지 않은가?

사냥 이론

환영신보는 대단히 쓸 만한 무공이다.

우선 환영진기는 움직이지만 않으면 자신의 모습을 완전히 감출 수 있었다.

흑무곡에서는 소리를 이용해 장호를 찾은 모양이지만, 사실 그 방법 외에는 찾을 방법이 없어 보였다.

여하튼 그것 외에도 유용했는데, 기본적으로 유령보의 변형이라 그런지 몹시 은밀하고 소리 없이 움직이는 것이 가능했다.

즉, 소리와 기척 없이 움직일 때에는 시각적으로 발각될 수 있다는 것.

반대로 움직이지 않을 때에는 불가능하다.

꽤나 큰 장점을 가진 무공이라고 할 수 있었다. 그리고 제 갈세가에도 이러한 무공을 익힌 자가 분명 다수 존재하리라.

하지만 이걸 익힌 자 중에서 초절정에 이른 고수는 거의 없다고 보아도 무방했다.

여하튼 장호는 환영신보로 은밀하게 숲 안으로 스며들었다.

그를 쫓던 이들은 장호가 어둠 속으로 몸을 숨기자 장호를 찾아낼 수가 없었다.

따라라랑!

물론 그 순간마다 탈음살도 부지가 탈음도를 흔들어대었지만, 그래 봤자 다시금 도망치다가 숨으면 장호를 찾기 어려워진다.

그렇게 이각을 도망쳤을까.

장호는 슬슬 때가 되었다고 생각했고, 달리다가 환영진기를 일으켜 숨었다.

이번에는 적들을 겨우 십 장가량 남겨둔 상태에서 숨었다.

"이놈이 또 숨었나?"

장호가 숨은 지점을 지나치면서 흑무곡의 무사들은 소리를 지르고 있었다.

장호는 히죽 웃고 즉시 두 손을 뻗었다.

마침 바로 앞에 무사 두 명이 서 있다.

콱, 콱.

"컥?"

"크억!"

두 명이 소리를 내면서 바동거린다 싶은 순간 장호의 나무합판도 종이처럼 찢어내는 악력이 그들의 목을 죄었다.

우드득!

뼈가 으스러지는 소리가 들리며 둘은 거품을 물고 그대로 즉사했다.

장호는 그런 시체를 좌우로 휙 던져 버렸다.

"여, 여기 있다!"

장호가 두 명을 죽이고 시체를 던짐과 동시에 흑무곡의 무사들이 장호를 발견하고 검을 꺼내어 든다.

그들의 검신은 구멍이 좁쌀만큼 뚫려 있는 기묘한 모습이다.

하지만 장호는 신경 쓰지 않았다.

시체를 던지고 나서 즉시 품에 손을 넣었고, 그대로 손을 휘두르면서 쇠구슬을 던져냈다.

우탄공을 펼친 것이다.

좌좌좌좌좌!

수십 개의 쇠구슬이 어둠 속을 비산했다.

딱히 내력을 불어넣지도 않았다.

근력만으로 던진 쇠구슬이지만, 근거리에서는 어마어마한 위력을 가지고 있다.

딱히 적을 특정하고 던진 것이 아니라 사방으로 뿌리듯이 던진 쇠구슬에 무려 다섯 명이 제대로 대응도 못하고 얻어맞았다.

"크아악!"

어떤 이는 얼굴에 쇠구슬이 박혀 즉사했고 어떤 이는 몸에 쇠구슬이 박혀 그대로 쓰러져 버렸다.

죽지는 않았지만 중상을 입은 것이다. 그것은 그야말로 순식간에 벌어진 일이었다.

그러나 장호는 거기서 멈추지 않았다.

탓!

장호가 가볍게 일보를 움직였다.

그리고 쇠구슬에 얻어맞아 비틀거리는 이를 향해 손을 내뻗어 그대로 그 목을 후려쳤다.

역시 내공을 쓰지 않고 근력만으로 후려친 것이다.

우득!

그러나 상대는 그 일격을 막지 못하고 목이 부러져 즉사해 버렸다.

"휘유, 내 몸이지만 정말 믿어지지가 않네."

장호는 감탄성을 내뱉고 말았다.

자신의 몸이 선천의선강기 덕분에 생육선의 경지에 다가서고 있는 것은 알고 있다.

실험 삼아 내공도 쓰지 않고 전투를 벌였는데 신체 능력만으로 내공이 적어도 반 갑자는 있을 법한 일류무사들을 픽픽 죽여대고 있었다.

"이놈!"

그렇게 중얼거리고 있는데 등 뒤에서 검을 든 이 세 사람이 달려드는 것이 느껴졌다.

장호는 즉시 반응할 수도 있었지만 그냥 내버려 두었다.

카카캉!

검이 장호의 등을 정확히 찔렀다. 그러나 금속성과 함께 막혀 버렸다.

"흠. 기운을 조금 불어넣은 검도 가렵기만 하군. 외공이 좋긴 좋아."

장호는 어이없어하는 이들을 내버려 두고서 홀로 중얼거리더니 번개처럼 몸을 돌렸다.

퍼퍼퍽!

권법도 아닌 단순한 주먹질이다.

그 주먹질에 장호의 등에 검을 찔렀던 세 명의 얼굴이 함몰

되면서 나가떨어졌다.

즉사한 것은 아니지만 코와 턱뼈가 안쪽으로 함몰되었으니 응급조치를 하지 않으면 얼마 안 있어 죽을 것이 분명해 보였다.

"나도 괴물이 다 되었네. 허참."

"외, 외공의 고수다! 모두 흑곡음무진을 펼쳐라!"

장호는 적들이 뭔가 하려는 것을 알았다.

흑곡음무진.

이것도 제법 유명한 것이다.

음공으로 펼치는 진법으로 그 안에 갇히면 어마어마한 피해를 입는다고 했다.

장호는 그런 그들의 공격을 내버려 두기로 했다.

오늘이 아니면 자신의 육체가 어느 정도 수준인지 파악하기 어렵기 때문이다.

사사삭!

살아남은 이들이 적당히 거리를 벌리더니 그들의 병기에 진기를 불어넣는 것이 보였다.

장호는 그 모습을 조용히 바라보았다. 그러자 곧 시끄러운 소음이 들리기 시작했다.

쩌르르르릉!

짜라라라랑!

카라라라랑!

여러 가지 소음이 한데 어우러지더니 그것은 어떤 울림이 되어 장호를 두드렸다.

'호오, 음공에 이런 공능이 있었나?'

장호는 자신의 몸에 가해지는 공력이 어떤 형태로 움직이는지 알아챘다.

음공은 진동이었다.

아주 잘고 강한 진동이 진기와 함께 몸을 두드린다.

장호가 내가진기를 온몸으로 보내어 호신기를 만들었음에도 음공의 진력이 내부로 파고들어 몸을 진탕시키고 있었다.

이는 막을 수가 없는 공격이라는 뜻이다.

보통 사람이라면 이 시점에서 내장에서 출혈이 일어나면서 내상을 입을 수밖에 없다.

그러나 장호는 달랐다.

장호의 신체는 인간을 초월해 있는 상태이고, 이 정도 충격에 내상을 입을 정도는 아니었다.

물론 계속 피해가 누적되면 장호라고 해도 피를 토하겠지만 적어도 삼각 동안은 끄떡 없었다.

장호는 음공이 어떤 원리인지 파악하고는 고개를 끄덕였다.

'진동이라……. 신기하군.'

그리고서 장호는 즉시 움직였다.

원리를 파악한 이상 더 맞아줄 필요가 없었다.

쾅!

쇠구슬을 던져 진법을 이룬 이들을 공격했다. 그러자 소리가 뚝 그치더니 장호의 전면에 두 사람이 나섰다.

탈음살도 부지하.

그리고 교에서 나왔다고 한 소름 끼치는 목소리의 주인이었다.

'오, 이번에는 두 명이 달라붙어 보려는 건가?'

초절정의 경지에 오른 이가 두 명.

'쉽지 않겠는데?'

장호는 웃으며 내공을 가늠했다.

거의 줄어들지 않은 내공에 장호는 둘을 바라보며 입을 열었다.

"두 명이 합공하려는 건가? 이야, 부끄러워서 어떻게 강호에 얼굴을 들고 다니려고 그러나?"

"닥쳐라!"

"내가 왜 닥쳐야 하는데? 우리가 서로 예의 차릴 사이는 아니지 않나?"

장호는 그리 말하며 천천히 걸음을 옮겼다.

"나는 확실히 화경에 이른 사람은 아니야. 너희들과 같은 초절정이지. 하지만 경지가 비슷하다고 해서 무위도 비슷하다고 생각하면 오산이야. 같이 덤비는 게 나을걸. 안 그러면 후회하기도 전에 죽을 테니까."

"어린놈이 겁이 없구나!"

탈음살도 부지하가 먼저 나섰다.

그는 전면으로 짓쳐들며 도를 흔들었는데, 그 소리를 듣자 정신이 흔들리는 것이 느껴졌다.

'음공에 이런 효과도 있었군.'

장호는 새로운 사실을 알게 되어 몹시 흡족했다.

분명 탈음살도의 도에서 흘러나오는 짤랑거리는 소리에 서린 기운은 장호의 기운에 차단되었다.

그럼에도 장호의 정신이 흔들린다는 것은 다른 이유가 있다는 것이다.

장호는 마주 달려나가 손을 움직이면서도 생각을 거듭했다.

캉! 캉! 캉!

장호의 두 손이 부지하의 탈음도와 충돌하며 쇳소리를 내었다.

그 모습에 탈음도는 경악한 표정이 되었지만, 장호는 그런 것은 신경도 쓰지 않았다.

그리고 한 가지를 깨달았다.

소리다.

소리 그 자체가 뇌에 영향을 주는 것이다.

장호는 소리에 담긴 기운이 아닌, 소리 그 자체가 무기가 될 수 있음을 깨달았다.

하지만 거기까지다.

장호는 진기를 움직여 귀를 완전히 막아버렸다. 그러자 흔들리던 정신이 더 이상 움직이지 않게 되었다.

'역시 소리인가?'

장호는 즉시 상대와 공수를 주고받던 것을 그만두기로 했다.

쐐애액!

도기를 두른 탈음도가 날아든다.

본래라면 역시 수기를 두른 손으로 저걸 막아야 하지만 장호는 아예 막지 않기로 했다.

어깨로 도를 받으면서 안쪽으로 파고든다. 그러자 부지하의 표정이 딱딱하게 굳는 게 보였다.

장호가 동귀어진의 수법으로 달려들 줄은 몰랐던 모양이다.

그의 눈에 살기가 어렸다.

그대로 장호의 몸을 쪼개 버리겠다는 심산.

그러나 그의 도가 장호의 어깨에 닿았을 때, 그는 무언가가

잘못되었다는 것을 깨달았다.

카가각!

단단해? 질겨?

도기가 튕겨 나간다. 도가 피부를 가르고 들어가지를 못했다.

그 모습에 놀라서 눈을 부릅뜨는 사이 장호가 그의 품속으로 성큼 들어왔다.

화악!

손바닥이 다가왔다.

갑자기 세상이 느려진 것 같은 느낌 속에서 부지하는 어떻게든 상대의 손바닥을 피하거나 막으려고 사력을 다했다.

그러나 세상이 느려진 것처럼 느낀다고는 해도 그 자신이 빨라진 것은 아니었다.

손바닥이 천천히 다가왔고, 그것은 마치 죽음이 천천히 다가오는 것처럼 느껴졌다.

퍼억!

이윽고 손바닥이 그의 명치를 때렸다.

지독한 고통이 그의 명치에서부터 일어났고, 거대한 힘이 그의 내부에서 폭발한다고 느꼈다.

"여, 여기서……."

그는 그 말을 겨우 내뱉고는 그대로 쓰러져 절명했다.

심장, 위장, 대장, 간, 췌장, 그 모든 것이 안쪽에서 으스러졌기에 살아날 수가 없었다.

풀썩!

장호는 쓰러진 부지하를 잠시 보다가 고개를 돌렸다.

그곳에는 검을 꺼내어 든 채로 고요하게 서 있는 복면인이 있었다.

황밀교의 무인.

그 경지는 초절정.

그러나 방금 전의 부지하하고는 비교하기 어려울 만큼 날카로운 기도를 흘리고 있다.

"신검합일?"

"아니다."

쇠를 긁는 듯한 듣기 싫은 목소리.

하지만 장호는 그 목소리에 신경 쓰지 않았다.

"아직 완전하게 신검합일이 된 건 아닌 모양이군. 아니라고 말하는 것을 보니."

"충분하다. 네 외공, 자른다."

단답형으로 말하는 상대를 보면서 장호는 무언가를 떠올렸다.

"너, 밀법무인이로군."

밀법무인.

황밀교의 비밀병기 중 하나이다.

밀교의 법술을 사용해서 강화한 무인들인데, 초절정 이상의 강자만이 이 밀교의 법술을 받을 수 있었다.

그래서 밀법무인이라고 부른다.

밀교의 법술로 강시와 같은 몸을 가지게 된 이들로, 감각이나 무공의 능력은 모두 가지지만 강시와 같은 도검불침의 몸에 강력한 근력을 가지게 된다.

독에도 강한 저항력을 보이는데다가 통각도 무뎌지게 되어 살인기계가 되는 이들이다.

부작용으로 성대가 심하게 훼손되고 피부색이 청색으로 물든다.

그래서 달리 청인무사라고도 부른다.

당연한 말이지만 무척 강하다.

그리고 이들은 황밀교의 광신도이기도 했다.

팟!

그가 움직였다. 그는 직선으로 덮쳐들며 정직하게 검을 수직으로 내리그었다.

그러나 그 검기를 두른 검격에서 느껴지는 예리함은 좀 전과는 비교도 할 수 없는 수준이었다.

장호의 몸이라고 해도 가져다 대면 베일 것 같은 느낌이다.

장호는 즉시 환영신보를 펼쳤다.

환영신보는 암습에 특화된 은밀한 경공보법이지만, 근접
전투에서 상대의 눈을 현혹하는 움직임도 포함되어 있다.

그리고 장호의 움직임은 무척 빨랐기 때문에 그의 검격은
순식간에 허공을 그었다.

쐐액!

검을 몇 번 긋는다.

장호는 아슬아슬하게 그의 공격을 피해냈다. 그리고는 즉
시 두 손을 들었다.

상대의 무공은 확실히 대단했다.

저 강력한 예기. 가까이 다가갔다가는 좋은 꼴을 볼 리 없
다.

그렇다면 힘으로 밀어붙인다.

부우우우!

장호의 열 손가락 끝에 진기가 모여들었다. 그리고 순식간
에 열 개의 지풍이 쏘아져 나갔다.

휘릭!

열 개의 지풍을 맞이하여 복면인은 검으로 원을 그려냈다.
지풍을 막아내기 위해서 휘두른 것이다.

따다다당!

그는 능숙하게 열 개의 지풍을 막아냈다. 하지만 그렇게 막
은 것이 그의 패착이었다.

두두두두두두두!

엄청난 속도였다.

장호의 열 손가락에서 쉬지 않고 지풍이 쏘아져 나가기 시작한 것이다.

그것은 그야말로 지풍의 비라고 해야 했다.

눈 한번 깜짝할 순간에 수십여 개의 지풍이 쏟아졌고, 그 모습에 복면인은 두 눈을 부릅떠야 했다.

이런 공격은 한 번도 경험해 본 적이 없었기 때문이다.

카가가가가가가강!

그가 미처 막아내지 못한 암탄지공의 지풍이 그의 전신을 두드렸다. 그의 자세가 무너지며 뒤로 몇 발걸음이나 물러났다.

장호는 그것을 내버려 두지 않았다.

그대로 앞으로 달려나가서는 두 손을 휘두른 것이다.

펑!

장호의 쌍장이 복면인의 흉부를 후려쳤다.

막대한 선천의선강기의 내기가 내가중수법을 통해서 그의 몸 안으로 밀려들어 갔다.

"능력이 달라. 신검합일에 거의 근접한 기세는 확실히 대단하다만… 몸의 수련법이 다르지."

"쿨럭."

장호는 뒤로 물러섰다.

밀법무인.

그러나 선천의선강기의 내가중수법을 이겨낼 정도는 아니다.

어마어마하게 발달한 장호의 육체 능력을 넘어설 정도도 아니었다.

"잘 가시오."

장호가 다시 손을 썼다. 밀법무인은 장호의 일수에 뇌가 곤죽이 되면서 즉사했다.

장호는 고개를 돌렸다.

오늘 참 많은 이를 죽였고, 그 때문에 장호의 마음은 쓸쓸함으로 가득 차 있다.

하지만 그럼에도 장호는 앞으로도 다시금 많은 이를 죽여야 한다.

"도망갈 생각은 안 하는 게 좋을 거야."

장호의 그 말이 끝남과 동시에 복면인들은 사방으로 달리기 시작했다.

그러나 장호는 그들을 놓칠 생각이 없었다.

사냥이 시작되었다.

누군가에게는 악몽 같은 사냥이.

"후우."

장호는 피로 물든 손을 적당히 천에 문질러 닦았다.

검을 버리고 아예 적수공권으로 사람을 살상하며 다니다 보니 손에 피가 잔뜩 묻을 수밖에 없었다.

그것은 사실 아무래도 좋은 일이다.

오늘 하루 장호가 돌아다니면서 죽인 이의 수만 해도 벌써 이백이 넘었다.

초절정의 무사도 열 명이 넘게 죽였으며 절정고수도 삼십여 명은 죽인 듯했다.

이 정도면 천라지망의 한쪽에 완전히 구멍이 났을 터이다.

장호가 빠르게 움직였지만, 지금쯤이면 이번 작전을 계획한 이들의 수뇌부도 이백여 명 정도가 사라진 것을 알아차렸을 것이다.

"좋아, 슬슬 돌아갈까."

거룡을 타고 내달리면 거대한 구덩이로 만든 함정이 아닌 한에야 거룡을 잡을 방법이 거의 없다.

거룡이 너무나 빠르기 때문이다.

장호는 슬슬 양양으로 되돌아가기로 했다.

거룡을 타고 저 아래 장강의 배를 타러 갈 생각이다.

                    *   *   *

"뭐라고?"

사마공은 방금 들어온 보고에 분노한 표정이 될 수밖에 없었다.

"본 교의 밀법무인 다섯이 당했다고? 시체는 가져왔느냐?"

"예. 시체를 살펴본 바에 따르면 극상의 내가중수법에 내장과 뇌가 으스러져 즉사했습니다."

"내가중수법이라고? 시체를 가져오너라."

여기는 산중의 은신처. 사마공은 부하들의 보고를 받으며 작전을 지휘 중이었다.

이곳 호북성의 정파들이 이동하는 길목을 차단하고, 정파의 후기지수들을 죽이기 위한 계획에 동원된 무인의 수는 대략 천이백여 명.

초절정고수만 사십여 명이 동원된 대규모 작전이었다. 그런데 그중 초절정고수 열이 죽임을 당했다니 이게 대체 무슨 소리인가?

게다가 황밀교에서 지원한 밀법무인은 보통 초절정고수보다 적어도 한 수 위의 무위를 가진 이들이다.

그들이 죽었다니?

곧이어 수하가 시체를 끌고 왔다.

사마공은 시체에 다가가 진기를 흘려보내어 시체를 샅샅이 조사했다.

"음!"

그는 경악했다.

내장이 전부 으스러져 곤죽이 되어 있고, 뇌 역시 부서져 죽처럼 질척해져 있다.

밀법무인은 황밀교 비전의 밀교대법인 생강시의 술을 부여 받은 이들이다.

피부가 청색이 되고 성대가 상하긴 해도 살아 있는 채로 강시와 같이 변하는 비법이다.

강시공보다도 더 자연스럽고 위력도 강하다.

그런 밀법무인의 약점이라면 내가중수법이다. 하지만 강시의 술을 부여받으면 내부 장기도 질겨지고 튼튼해져 어지간한 내공으로는 큰 타격을 줄 수 없다.

그런데 이렇게 완전히 내부를 으깨어 버릴 정도라면 상대의 내공이 적어도 이 갑자 이상이라고 보아야 했다.

"적은 발견하지 못했느냐?"

"예. 흔적을 발견하지 못하였습니다."

"살수의 무공을 익힌 놈이로구나. 그런 놈이 내가중수법을 써?"

살수는 보통 암습을 한다. 때문에 그들의 무공은 빠르고 가벼우며 현란하다. 적의 눈을 속이고 빠르게 죽이기 위함이다.

그러나 내가중수법은 그런 속성과는 정반대에 위치해 있다.

일단 내가중수법을 사용하려면 상대의 몸에 접촉해야만 한다.

이는 가볍고 현란하다는 것과는 전혀 상관이 없다.

살수의 무공을 익힌 자가 근접 전투에 능한 이들이 즐겨 쓰는 내가중수법을 사용한다는 것은 쉽게 생각할 일이 아니었다.

몹시 상대하기가 까다롭다는 이야기니까.

게다가 상대는 초절정고수.

그것도 밀법무인을 가볍게 죽이는 자다. 어쩌면 화경에 이른 절대고수일 수도 있었다.

화경의 절대고수가 살수의 무공을 사용하여 흔적을 지우고 몰래 살해하고 다닌다?

적어도 하수들로서는 막을 수도 발견할 수도 없다고 보아야 한다.

그렇다고 사마공 그가 직접 나선다고 해서 상대를 발견한다는 보장은 없다.

동원된 천이백 명의 무사는 호북성 지역의 여기저기로 널리 퍼져서 천라지망을 펼치고 있으니까.

그 지역은 몹시 넓다.

사마공이 전체를 수색할 수는 없는 일이었다.

"큭, 철수 준비를 하라."

"예."

"교에 지급으로 소식을 전하도록. 살수의 무공을 익힌 화경에 이른 이를 찾으라고."

"존명."

"누구냐? 은룡문 네놈들이냐, 아니면… 선검문인가?"

사마공은 날카로운 눈빛으로 허공을 주시했다.

그러나 그는 자신이 무엇을 찾고 있는지조차도 제대로 알지 못하였다.

*　　　*　　　*

쏴아아아!

수백여 명을 죽인 장호는 아래쪽으로 남하하여 결국 장강에 닿았다.

배를 띄우는 포구에 도착한 장호는 별다른 일 없이 운남으로 향하는 배를 탈 수가 있었다.

대량의 화물을 실은 화물선이었지만 사람을 실어 나르는

여객선 역할도 하는 배였다.

당연히 거룡도 같이 탔다.

말은 사람보다 더 돈을 많이 주어야 했지만, 그래도 거룡만한 말이 어디에 있겠는가?

결국 배가 출발했고, 장호는 갑판에 나와서 흐르는 장강의 물을 내려다보았다.

강이라고는 하지만 이 강은 진짜 넓고 길었다.

장강의 한쪽에서 반대쪽 육지를 보기가 어려울 정도로 넓은 것이다.

물론 좁아지는 지역도 존재하고, 그런 곳은 대부분 물살이 몹시 빨라서 위험했다.

그런 물을 내려다보면서 장호는 앞으로의 일에 대해서 생각해 나갔다.

수백여 명을 죽였다는 사실에 대해서는 딱히 아무런 감흥이 없었다.

장호는 의원이다.

그의 손에서 결국 치료되지 못하고 죽은 이만 세도 전생에도 천여 명이 넘는다.

장호가 비록 신의 소리를 듣는다지만 치료 불가능한 병은 널리고 널렸다.

선천의선강기를 손에 넣은 지금도 마찬가지다.

장호는 분명 전생에 비해서 비교도 할 수 없을 만큼 뛰어난 인물이 되었지만 신은 아니었다.

그러니 죽고 사는 것은 어쩔 수 없는 일이었다.

황밀교를 미리 막아내기 위해서 그들의 수하 수백을 죽인 일 정도는 아무런 느낌도 들지 않는다.

그래서 장호는 미래의 일을 걱정하고 있었다.

황밀교를 들쑤셔 놓았고, 그들의 전력을 일부 훼손시켰다. 그로써 그들의 미래의 행보가 바뀔 것이다.

장호가 아는 미래의 정보들이 앞으로 무의미해질 수도 있었다.

모든 것이 바뀔 것이다.

지금까지 장호가 바꾼 것보다도 더 크게 미래가 바뀌었으니 그것은 당연했다.

그렇다면 역시 빨리 성장해야 했다.

저번 결전으로 초절정고수 중에서는 장호를 막을 만한 이가 없다는 것을 확인했다.

하지만 화경의 절대고수는 아닐 것이다.

그들과 싸워서는 잠시 버티는 것이 전부일 터. 마혈신외공을 익히고 완전한 금강불괴를 이룬다면 혹시 다를지도 모른다.

장호는 그런 생각을 하며 물끄러미 장강의 물결을 바라보았다.

앞으로 어찌 될 것인가.

그래도 장호는 포기할 생각이 없었다.

전생의 몫만큼 장호는 더 강해질 생각이다.

그리고 황밀교를 막아내리라.

『의원귀환』 7권에 계속…

현대백수 장편 소설

FUSION FANTASTIC STORY

간웅

뇌성벽력이 치는 어느 날!
고려 황제의 강인번을 들고 있던
어린 병사가 낙뢰를 맞고 쓰러졌다.

하지만… 다시 눈을 뜬 이는
현대 대한민국에서 쓸쓸히 죽은
드라마 작가 지망생.

고려 무신 시대의 격변기 속에서 눈을 뜬 회생[回生].
살아남기 위해! 죽지 않기 위해!
그의 행보로 인해 고려는 서서히
변하기 시작하는데……

치세능신 난세간웅(治世能臣 亂世奸雄)!

격동의 무신 시대!
회생, 간웅의 길을 걷다!

Book Publishing CHUNGEORAM

유행이 아닌 자유추구 -
WWW.chungeoram.com

절정고수들이 하늘 높은 줄 모르고 질주하는 현 세상.
서른여덟 개의 세력이 서로를 견제하는 혼돈의 시대.

그 일촉즉발의 무림 속에
첫 발을 디딘 어린 소년.

"나는 네가 점창의 별이 되기를 원한다."

**사부와의 약속을 지키고
난세로 빠져드는 천하를 구하기 위해
작은 손이 검을 들었다!**

박선우 新무협 판타지 소설 FANTASTIC ORIENTAL HE

풍운사일

내일을 향해 쏴라

김형석 장편 소설

FUSION FANTASTIC STORY

1만 시간의 법칙!
'성공은 1만 시간의 노력이 만든다' 는 뜻이다.

그러나…
사회복지학과 복학생 수.
전공 실습으로 나간 호스피스 병동에서
미지와 조우하다.

1만 시간의 법칙?
아니, 1분의 법칙!

전무후무한 능력이 수에게 강림하다!
맨주먹 하나로 시작한 수의
인생역전이 시작된다!

Book Publishing CHUNGEORAM

WWW.chungeoram.com

문용신 新무협 판타지 소설
FANTASTIC ORIENTAL HEROES

**한량 아버지를 뒷바라지하며
호시탐탐 가출을 꿈꾸던 궁외수.**

**어린 시절 이어진 인연은
그를 세상 밖으로 이끄는데…….**

"내가 정혼녀 하나 못 지킬 것처럼 보여?"

**글자조차 모르는 까막눈이지만,
하늘이 내린 재능과 악마의 심장은
전 무림이 그를 주목하게 한다.**

"이 시간 이후 당신에겐 위협 따윈 없는 거요."

무림에 무서운 놈이 나타났다!